CB078160

os viúvos

UMA HISTÓRIA COM O DETETIVE FIORAVANTI

mario prata

LeYa

os viúvos

UMA HISTÓRIA COM O DETETIVE FIORAVANTI

mario prata

LeYa

Para Digma, modelo

SUMÁRIO

PREFÁCIO

Os viúvos é um filme. Eu diria que do Almodóvar, porque é cheio de personagens engraçados e tem mais sexo e humor do que policiais clássicos.

Os viúvos é muito visual: as praias, os edifícios, as casas, as estradas, as fronteiras, os interiores. Mario Prata pinta as imagens com muita força. Isso é um dos aspectos incluídos na qualidade "escrever bem".

A construção dele, a estrutura narrativa, é muito engenhosa.

O que me diverte é o recheio dessa estrutura. O que os personagens pensam, como eles falam. As teorias do Escobar sobre as mães são lindas!

Fiquei impressionada com a capacidade do Prata de aproveitar tudo na literatura: a geografia, o nome de rua, o passado bancário, a técnica de revestimento asfáltico, o seu Abóbora, a literatura dos outros.

Prata exerce profissionalmente o dom da observação. E essa capacidade define um escritor.

Nomes: essa é uma outra viagenzinha muito pessoal do autor. O prazer de batizar certo.

Mario Prata, com *Os viúvos* deu o melhor destino possível aos golpes que o destino (um contador e a Receia Federal) lhe pregou. Transformar o sofrimento em literatura, e com humor, é para poucos, e ele tem esse privilégio.

Marta Góes, escritora.

Aos Honoráveis

Senhor Ministro da Fazenda do Brasil;

Senhor Secretário Geral da Receita Federal do Brasil;

Senhores Promotores e Juízes Federais do Estado de Santa Catarina;

Senhores Contadores e Senhoras Contadoras;

Senhores Advogados e Senhoras Advogadas;

Senhores Bancários e Senhoritas Bancárias;

Senhores e Senhoras Oficiais e Oficialas da Justiça;

Senhores Banqueiros.

Senhores, senhoras e senhoritas,

A vós, senhores, senhoras e senhoritas, deve-se o ter sido começada, algum dia, esta história. Foi por desejo vosso que primeiro pensei em tal composição. Alguns anos se passaram depois disso, que vos esqueceram, talvez, a circunstância: mas vossos desejos têm para mim a natureza das ordens; e a impressão deles nunca se me há de apagar da memória.

Demais disso, senhores, senhoras e senhoritas, esta história nunca se teria completado sem a vossa ajuda. Não vos espante a afirmativa. Não tenciono incutir-vos a suspeita de que sou romancista. Quero apenas dizer que, de certo modo, vos devo a existência durante grande parte do tempo que lhe empreguei na composição: outro ponto de que talvez seja mister lembrar-vos, visto existirem certos atos que propendeis extremamente a esquecer, mas dos quais espero ter sempre pior lembrança que vós.

Espero, com efeito, que, em virtude dos nomes de meus patronos, para quem escrevo, o leitor se convença, no próprio limiar desta obra, de que não encontrará em todo o seu discurso nada de prejudicial à causa da religião e da virtude, nada que não condiga com as regras mais severas da decência, nem coisa que ofenda sequer os olhos mais castos em sua leitura.

Para a consecução desses propósitos empreguei todo o espírito e todo o humor que possuo na história seguinte, na qual procurei meter a riso todos os disparates e vícios prediletos dos humanos, principalmente das pessoas para quem dirijo esta carta. Até onde cheguei nesses bons empenhos deixo que o decida o leitor imparcial, fazendo-lhe apenas dois pedidos: primeiro, que não espere encontrar perfeição nesta obra; e, segundo, que lhe releve algumas partes se lhes faltar o pequeno mérito que espero apareça em outras.

Perdoai-me, portanto, o que afirmei nesta epístola, não somente sem vosso consentimento como absolutamente contra ele; e concedei-me, pelo menos, permissão para declarar em público que fui espezinhado, desqualificado e perseguido por vós, mandatários e mandatárias da República Federativa do Brasil.

Com o máximo respeito e a máxima gratidão, senhores, senhoras e senhoritas, quero que vós vos fodais!!!

Mario Prata[1]

---

1 Com meus agradecimentos a Henry Fielding e Tom Jones.

Em qualquer comunidade civilizada, cada homem ou mulher tem escondido no seu âmago uma história criminosa. Embora sem transgredir nenhuma lei, sentem, todavia, a consciência culpada; e o conhecimento dessa psicologia é de um valor incalculável nas investigações dos detetives.

Edgar Wallace (1875-1932)

PRÓLOGO

ENTRETANTO, NÃO HAVIA a menor dúvida: o Contador[2] estava mesmo morto.

Ele não precisava ser médico para constatar o óbvio. O homem não respirava, e o sangue não corria mais nas suas veias. Morto! Porém não morreu como ele previra e planejara, alvo do que ele chamava A Máquina de Perfurar (ou Saca-rolha Gigante), que pela primeira vez, estava sendo testada em um ser humano e não em uma garrafa de vinho.

Talvez por medo, o Contador, depois de cinco horas com a ponta de um enorme e assustador saca-rolha se aproximando lenta e angustiantemente da sua cabeça, optou pela morte natural. Dez minutos antes havia urinado. Cinco, defecado, expulsado excremento pelo ânus, borrado, bostado, descomido.

Desamarrou o falecido da pesada cadeira atarraxada no chão do seu quarto de hóspedes, onde nunca, nos cinco anos em que morava ali, havia hospedado alguém. Tirou a fita adesiva da boca

---

2 **O Contador,** 55 anos, ladrão, estelionatário, formador de quadrilhas, ex-foragido.

do Contador, que soltou um forte e fétido arroto mesmo depois de morto, já no outro mundo. Ele já tinha ouvido falar nisso. Os mortos, mesmo defuntos, continuam a soltar gases.

Passou delicadamente um paninho com benzocaína líquida em torno da boca do falecido para não deixar marcas de algum vestígio de cola. Tirou os vários metros de corda que amarravam o finado à cadeira. Deitou o ex-cidadão no chão. E só então, com a palma da mão, como vira em vários filmes, fechou os olhos azuis do Contador. Pensou em colocar um lençol sobre o corpo. Para quê? Não iria aparecer nenhum curioso para olhar o corpo gelado.

Desatarraxou a cadeira do chão, colocou um tapete no local para não ficarem visíveis os furos, passou as costas da mão direita na testa para tirar o suor. Da parede retirou A Máquina de Perfurar, que havia sido construída por ele mesmo. Guardou o trambolho no quarto de empregada.

Agora sim, foi até a geladeira e da parte de baixo, onde ficam as verduras, tirou um tinto que, ele sabia, naquele compartimento, mantém a bebida a uma temperatura de dezesseis graus Celsius.

Colocou *Ella abraça Jobim* para tocar, respirou fundo e tomou o primeiro gole que desceu do jeito certo. O homem estava morto. Sua missão terminava ali.

Estava pronto para o detetive. Ia lhe fazer uma surpresa.

Percebeu que alguma coisa mostrava-se diferente nele. E, por incrível que pareça, a coceira na sua pele escrotal – que vinha lhe incomodando há muito e muito tempo – havia passado como que por milagre. Realmente, era somatizada. A partir de agora, ele não teria mais problemas naquela região.

Será que eu tenho que sumir com esse corpo?

Isso era o de menos, desde que ele havia começado, há um mês, a cometer todos aqueles crimes. Só sentiu um pouco o fato de o Contador não ter vivido mais uns cinco minutos para ele ver a Máquina perfurar lentamente a sua cabeça, entrando por um ouvido e saindo do outro lado, expelindo pedaços de ossos, cartilagens e miolos.

Nem tudo sai conforme a encomenda, pensou e tomou mais um gole.

Water to drink (Água de Beber), Ella Fitzgerald cantava.

Foi quando, inesperadamente, o interfone tocou.

Ele vivia isolado, podia contar quantas vezes aquele interfone havia tocado. Nenhum parente na ilha. E o carteiro deixava a correspondência lá fora, na caixinha, como nas casas americanas. Em Florianópolis o esquema funcionava. A confirmação do depósito da sua boa aposentadoria do Banco do Brasil vinha pela Internet. Aliás, diga-se de passagem, ele era um *expert* em informática. As contas de luz, água, gás e todas as outras eram em débito automático.

Aquele interfone não tocava nunca. *Dim-dom*, daqueles. Ideia da mãe dele.

Sim, era o mesmo *dim-dom* que por três vezes havia tocado dentro da sua solidão pelo indicador de uma séria senhora de *tailleur*, a Oficiala de Justiça.

Afastou um pouco a cortina da janela da sala e lá na estrada, estava ele: Ugo Fioravanti Neto[3], ex-policial e agora detetive.

Bem, pelo menos, ele sabia que o detetive também gostava de *jazz*.

Eles já tinham se visto algumas vezes. A primeira delas numa

---

3 Investigador aposentado da Polícia Federal de Santa Catarina, hoje detetive particular. Viúvo, mora sozinho com o filho Valentim, de 11 anos. Entre 50 e 60 anos, idade que ninguém nunca soube direito. Cabelos totalmente brancos, com rabo de cavalo. Alto, bonito. Tipo italiano, quase um metro e oitenta, olhos verdes. Honesto. Se ele não fosse detetive, poderia muito bem ser técnico de futebol argentino ou vendedor de carro importado no Rio de Janeiro. O mau humor do técnico argentino e o bom humor do carioca.

livraria de Shopping em Florianópolis. Ele reconheceu o Fioravanti que já havia visto em jornais ou pela televisão. Ambos vidrados em livros policiais e *jazz*, se encontraram ali na seção, agachados. Se apresentaram e depois foram tomar um café na frente da livraria. Meia hora de conversa e resolveram trocar – e combinaram devolver! – cinco Boileau-Narcejac por cinco Edgar Wallace, livros policiais hoje só encontrados nos bons sebos.

E por duas vezes se encontraram depois. Na primeira, ele esteve na casa de praia do detetive para levar alguns livros. Na segunda, o detetive lhe passou um e-mail e foi lá no sítio destrocar. Ouviram *jazz*. Não chegaram a ficar amigos, pegar amizade, como se dizia antigamente, mas se conheciam. Inclusive ele havia dado um Boileau-Narcejac para o detetive, porque tinha dois. Era um clássico da dupla, se lembrava bem: *Os viúvos:* uma capa amarela, com dois viúvos se encarando, sérios.

E ali, agora, do lado de fora da porta, estava o Fiora, como gostava de ser chamado. E, no quarto do fundo da casa, um morto.

Um belo momento para um livro policial.

Isso aqui não é ficção, pensou.

Abriu a porta.

UM MÊS ANTES

Os romances são escritos para isso:
para compensar no mundo real a ausência perpétua
daquilo que nunca existiu.

Tomás Eloy Martínez (1934-2010)

Pântano do Sul – 1

TALVEZ EU DEMORE UM POUCO, mas se eu não explicar desde o começo você não vai entender, detetive Fioravanti. E, não entendendo, pode me interpretar mal. Sou um ex-funcionário do Banco do Brasil, onde ganho uma aposentadoria que dá para ir tocando. Eu, mamãe e o Dunga.

Não tenho grandes gastos, cozinhamos aqui em casa, quase nunca saio. Não conheço ninguém na ilha. Você, talvez.

Meu nome é E. R. N. (futuramente, se você não descobrir, direi por completo), tenho cinquenta e cinco anos, moro em Florianópolis há cinco. Sou de Câncer e acredito em horóscopos: "Emocional. Pode ser tímido. Muito amoroso e gentil. Protetor. Inventivo e imaginativo. Cauteloso. Tipo de pessoa sensível. Necessidade de ser amado pelos outros. Magoa-se facilmente. Simpático."

Se você pedir para uma pessoa que nunca me viu na vida adivinhar o meu nome, eu posso garantir com toda a certeza que ela vai dizer:

– *E*!

Ninguém no mundo se assemelha mais a um *E* do que eu. Ou melhor, meu pai, igualmente *E*, também tinha cara de *E*. Donde se deduz que somos muito parecidos. Ou éramos, pois ele já morreu há muito tempo.

O meu – ou nosso – *E* não é sobrenome. É nome mesmo. *E*! Sim, vovô também, embora ele se parecesse mais com Mourão. Porque um verdadeiro E é quase baixo, quase careca, quase gordinho.

Peço que leia este e-mail até o final. Talvez seja o primeiro de vários. E, através deles, você desvendará uma série de crimes e, finalmente, chegará até a minha pessoa, um criminoso não nato.

Gosto de ficar sozinho. O Schopenhauer já dizia que *o homem só pode ser ele próprio quando está sozinho; se não gosta de solidão, não gosta de liberdade.*

Me sinto bem aqui. Tenho um *hobby*, além da taxidermia. Gosto de inventar objetos práticos. Na verdade, só consegui a patente para um abridor de garrafas de vinho. Isso me rendeu um dinheiro. Mais do que eu precisava, menos do que eu merecia. Aqui no Brasil eles não dão muita atenção para os inventores. Acham que somos um bando de malucos. Só que, para receber o tal do dinheiro, eu tive que abrir uma pequena firma. Uma micro. Foi aí que tudo começou, meu caro Fioravanti!

E, tendo uma firma, precisei arrumar um contador. Foi aí que ele entrou na minha vida. Ele, o Contador.

A empresa que comprou os direitos do meu saca-rolha me pagou em trinta e seis meses. Quinhentos mil reais. Você pode achar que é muita grana, acontece que cedi a patente para o mundo todo. Eles vão ganhar milhões.

Eu falava do Contador. Isto aconteceu há três anos. Ele – o Contador – mantinha o seu escritório atrás de um velho hotel. O Contador era humilde, com apenas mais dois funcionários. Eu devia ter desconfiado já naquele dia, mas achei que era o jeitão de Florianópolis, simples, simpática e eficiente.

Eles me pagavam 13.888,88 todo mês. Claro que esse dinheiro eu aplicava, descontando os impostos que o Contador me informava. Fiz uma aplicação no banco. Aplicação sem risco, CDB, sabe? Está me acompanhando?

Quando eu terminei de receber a última parcela, pedi para o Contador fechar a firma. E ele fez isso. Me mandou toda a papelada com as declarações do imposto de renda e tudo.

Um ano depois com a firma já fechada, eu estava navegando na Internet – eu sou bom nisso, adoro – quando entrei para saber se o meu imposto de renda de pessoa física estava liberado. Sempre recebo uns trocos, todo ano. E não sei o que deu na minha cabeça que resolvi dar uma olhada na firma.

Digitei lá o número do CNPJ e descobri que ela nunca estivera ativa. Nunca! Não entendi aquilo. Passei um e-mail para o Contador. Ele disse que o site da Receita Federal era uma merda, com o perdão da palavra, é que foi assim mesmo que ele se expressou, que eu ficasse tranquilo porque ele iria à Receita no dia seguinte e me daria notícias.

Por que eu desconfiaria dele? Eu estava com todos os recibos das declarações, tudo carimbado e assinado pela Receita. Os DARFs todos pagos. E ele me parecia um homem bom, me mandava cartão de Natal todo ano, passava e-mail no dia do meu aniversário, o grandíssimo aldrabão.

Ele me dizia, por e-mail, os valores de impostos do mês e eu depositava o dinheiro na conta dele. Agora acredite, detetive Fioravanti, ele nunca pagou nada para a Receita! Nunca!!! Depois eu viria a descobrir que isso é muito mais comum do que você pensa.

É. Foi o que eu descobri depois. Tem muito mais otários neste Brasil além de mim. No dia em que eu descobri isso, tudo começou. Tudo começou a coçar! Minha vida ficou um inferno, Fiora (se me permite)!!!

Sabe como ele fazia? Agendava o pagamento pela Internet. Mandava o comprovante do agendamento. Depois, simplesmente cancelava o pagamento. Simples, não é?

Você não pode imaginar no que se transformou a minha existência, meu amigo. Não, não pode!!! Ninguém pode imaginar! É impossível calcular o que eu passei – e o que eu cheguei a fazer no mundo do crime – nos últimos anos. Principalmente nos últimos meses.

Mas agora tudo acabou.

Sambaqui – 2

DEPOIS EU TERIA TEMPO para esclarecer dentro da minha cabeça, o que havia acontecido naquele Dia dos Namorados. No momento, ali no restaurante Restinga, em Sambaqui, no norte da ilha, comendo ostras com a Tinha Staud[4], tomando um vinho branco que descia como veludo, eu ainda não podia imaginar nada. Isso não tem nem dois meses, e era dia dos namorados.

Não, eu não era namorado dela, imagina. Isso não passava pela minha cabeça e muito menos pela dela. Para mim, era a filha da mi-

---

4 **Greta Staud**, a **Gretinha**, ou **Tinha**, tem 21 anos, é filha da melhor amiga de Fiora, a Til. Apesar do pai alemão que lhe deu a altura, é morena como a mãe e tem os mesmos olhos verdes. Como diria meu avô, uma pequena!!! Poucas mulheres entendem tanto de futebol como ela. Entende até gol fora de casa valer mais.

nha amiga e ex-namorada Til[5]. Para ela eu imaginava ser o tio. Quarenta anos de diferença. Mas éramos um homem e uma mulher ali.

A história do jantar começou com um e-mail que ela havia mandado para toda a lista dela. Um vídeo mostrando uma garota francesa, de óculos e com cara de santa, deitada na sua cama ao amanhecer, que pega um vibrador e começa a usar, por debaixo dos lençóis, assistindo televisão. Para surpresa dela, entram no seu quarto a mãe, o pai, os avós, o cachorro, o irmãozinho e um bolo de aniversário. Fora o padre da paróquia. Era aniversário dela. Todos começam a cantar o *Parabéns a você*, e o vibrador vibrando e ela chegando ao orgasmo, tentando desligar aquela porra e não consegue, e a família feliz, cantando, até que ela goza e o vibrador dispara pelo quarto, cai em cima do bolo, esparrama creme na cara de todo mundo. Contado assim não parece muito engraçado, mas vendo, é ótimo[6].

E eu respondi dizendo que o e-mail era mesmo apropriado para o Dia dos Namorados. E ela retrucou: *por falar nisso, já que nós dois não temos namorados, a gente podia ir comer umas ostras. O que acha?* Eu achei bom. Mas nem de longe passava pela minha cabeça que aquela francesinha se masturbando iria me trazer tanta dor de cabeça. Uma boa dor de cabeça, digamos, mas uma dor de cabeça.

---

5 **Matilde Paula Leandro Staud**, quarenta e nada anos, mãe da Greta. Amiga e às vezes namorada do Fiora, há vinte e cinco anos, quando estudou Filosofia na Universidade Federal de Santa Catarina. Na época, fazia programas para se sustentar. Terminado o curso mudou-se para São Paulo. Voltou para a ilha há cinco anos. Maravilhosa em todos os sentidos.

6 Se quiser conferir entre em http://videolog.uol.com.br/video.php?id=175856.

E ali estávamos os dois entre as ostras, o vinho e Arnaldo Antunes cantando *Iê-iê-iê*, e lá longe – a noite estava linda – podia-se ver a ponte toda iluminada unindo a ilha ao continente num estreito abraço.

Dizem que ostra é afrodisíaca, eu não sei. Parece que ainda não tem nem um estudo mais profundo, mas como lenda é ótimo. Ainda era cedo e ela perguntou de fumo na minha casa e eu disse que devia ter e ela perguntou se eu tocaria *Love is* a *many splendored thing* no meu violino para ela e eu disse que *sim, é claro.* Ela sabia que o Valentim[7] já estava em Roma. Ela sabia. E eu, pela primeira vez, pensei pra valer nos efeitos das ostras. Era lenda.

Em primeiro lugar, fiquei impressionado com a categoria profissional com que ela enrolou o baseado lá em casa. Com filtro e tudo, estilo francês. Fumamos, bebemos mais, e ela agora estava olhando minha estante de livros policiais.

Eu tocava no violino a canção que ela havia me pedido. Pensando que era incrível ela me pedir uma música do meu tempo e não do dela. E, por isso, recuei bem mais no tempo e comecei a tocar *Concerto para dois violinos em dó menor*, do Bach, que tem um ritmo bem acelerado. Ela folheando um livro, em pé, dando mais tragadas, eu percebia nas poucas vezes que abria os olhos, porque eu toco violino de olhos fechados, como convém. Numa das olhadas, vi que a Tinha não estava mais na sala. E ouvi o chuveiro. E as ostras, evidentemente, bateram tanto quanto a *cannabis*.

Não parei de tocar. Ela voltou do banho sem se enxugar, envolta

---

7 **Valentim,** filho do Fioravanti, 11 anos, moram os dois sozinhos numa casa à beira-mar em Canajurê. No momento está em Roma, num desses convênios de intercâmbio para jovens. O CISV. A mãe, uma prostituta, morreu quando ele era ainda um bebê.

no meu roupão azul-escuro. A visão era mais ou menos a mesma que vislumbrava o inocente Jeffrey dentro do armário vendo, pelas frestas de madeira, a Isabella Rosselini sair do banho, em *Blue Velvet.* Fechei os olhos novamente e continuei a tocar, agora *Blue Velvet,* pensando alternadamente nela e na mãe dela. Gretinha ganhou.

Ajoelhou-se na minha frente e começou a tirar a minha bermuda. *Não para de tocar*, ela dizia, *não para.* Eu não parei. Eu tocava freneticamente.

Aonde foi que ela aprendeu essas maravilhas, meu Deus?

Foi assim que tudo começou.

Centro – 3

EU NEGO. MAS DOU UM sorrisinho meio lateral e maroto que denuncia que pode ser verdade. Nego que tenha construído meu escritório de detetive particular anexo a um *rendez-vous* de luxo, a *Black-Tie*, o mais bem frequentado da ilha de Santa Catarina; nego, eu dizia, que tenha me inspirado na série de tevê *Soprano*. Mas tem tudo a ver. Adorei aquela série, comprei a caixa com todos os capítulos.

A boate é daquela minha ex-namorada, namorada e agora ex de novo e minha amiga. Til. Sim, a mãe da Tinha, como você já sabe. Há muitos anos, eu queria que ela largasse tudo e ficasse comigo. Ela estava com uns vinte anos – *a idade da Tinha hoje*. Eu, pelos quarenta. Mas, com o fim do curso de filosofia, acabou-se o que era doce. Nunca mais nos vimos depois que ela se mudou para São Paulo. Mas eu nunca havia me esquecido dela.

Nesse tempo, em que ela morou e trabalhou em São Paulo, casou-se com um primo alemão, dono de várias boates suspeitíssimas na capital paulista, e teve dois filhos: Ugo[8] (homenagem a mim, obviamente) agora com vinte e três anos e a Tinha com vinte e um.

Voltou para Florianópolis há uns cinco anos para abrir esse super-maravilhoso *rendez-vous* na cidade. Diz ela que a maioria é universitária. E é verdade. Puteiro de luxo, vamos e venhamos. E é aqui onde mantenho o meu escritório anexo. Eu ainda estava na Polícia Federal quando a ajudei com alguns papéis de alvará. E agora temos escritórios lado a lado. A Til, além de gerenciar isso tudo, é *designer* de interiores. Foi ela quem decorou a minha casa lá em Canajurê, debruçada sobre a praia. A casa, não a Til.

E as minhas salas aqui, por terem sido uma criação da Til, não têm nada a ver com aqueles escritórios sórdidos e mal-cheirosos dos livros e filmes policiais dos anos 40 e 50, com todo o respeito ao Chandler e ao Hammett. A minha é uma sala ampla, quase toda branca, ar-condicionado, uma pequena geladeira, computadores, televisão, muitos livros, jurídicos e policiais.

Aqui eu despacho, como gosto de dizer. Ali, naquela sala ao lado, fica o meu auxiliar Darwin Matarazzo[9] (nada a ver com aqueles).

---

8 **Ugo Staud**, 23 anos, filho da Til, irmão da Tinha. Quando se mudou para Florianópolis com a mãe, há cinco anos, não se sabe como, descobriu que a mãe fazia programas quando era solteira. Não disse nada. Embarcou para a Europa. Nunca deu notícias. Todo ano manda um cartão de Natal para a Tinha, talvez para afirmar que está vivo. O último foi postado em Portugal, mas isso não significa nada. Acreditavam que ele estaria morando com o pai em Berlim.

9 **Darwin Matarazzo**, 35 anos, baixinho. Tímido, depois de cinco anos na Polícia Federal, Fioravanti o convidou para deixar o emprego público e ir trabalhar com ele. Darwin não decepcionou e nem se arrependeu. Casado, um filho, vive momentos dramáticos com sua mulher, coitado.

Na outra porta, bem defronte à minha mesa, minha secretária, a Denise[10]. Ela entrou:

– Chegou mais um e-mail daquele maluco. Respondo, deleto?

Peguei o e-mail impresso, vi que era longo. Comecei a ler. A Denise saiu.

---

10 **Denise Cabral** 50 anos (há anos), com quem ele também já trabalhava na Federal. Solteirona, chegada numa igreja católica. O que poucos sabem é o que esta mulher faz de noite em casa pela Internet.

Pântano do Sul – 4

PROVAVELMENTE VOCÊ DEVE ter arriscado responder ao meu primeiro e-mail e ele voltou, com certeza. Se é que você tenha tido o trabalho de lê-lo. Não me considere um louco que, sem ter mais nada para fazer, resolveu aporrinhar o bom detetive, amante de *jazz*, como eu.

Continue a ler os meus textos, Fioravanti. Estou me tornando um criminoso e, com o passar dos dias, você estará sabendo de tudo e virá me prender. Não fique ansioso.

Bem, quando descobri que o Contador não havia pagado nada, que tinha embolsado mais de cem mil reais que eu lhe repassei (tenho todos os comprovantes), fui atrás de um advogado tributarista, morrendo de ódio e de vergonha. É difícil contar isso. Que fui um babaca durante três anos! Um débil mental, agradecendo os cartões de Natal, retribuindo. O trapaceiro, vigarista, vivaldino, mentiroso, enganador e escroto devia rir de mim, né? E. R. N., o babaca!

Antes de procurar o doutor Roger[11], o advogado tributarista, consegui no banco os comprovantes de todos os depósitos feitos durante três anos ao Contador. Isso demorou duas semanas. Os bancos são assim.

O doutor Roger:

– Primeiro tu tens que arrumar outro contador e pegar tudo que existe com o anterior.

– Eu não falo com aquele sujeito! Nunca matei ninguém, mas...

– Nós fazemos isso. Conheço um bom escritório de contabilidade. O melhor de Florianópolis.

– E eu vou ter que pagar tudo de novo?

– Quanto tu repassou para ele?

Peguei uma porção de folhas e estendi ao advogado.

– Total de cento e três mil reais. Vou ter que pagar de novo?

O doutor Roger examinou toda a papelada da minha firma, impávido. Cocei o saco.

– Veja, senhor: são dois fatos distintos. Um é a sua relação com a Receita, que não quer nem saber se o senhor entregou o dinheiro para o Contador ou não. Para a Receita, quem deve é o senhor.

– Mas isso é um absurdo!

– Alguém disse que não é? Mas é assim que funciona. A segunda ação é o senhor contra o Contador. Podemos pedir a cassação da sua licença no Conselho Regional dos Contadores, podemos até pedir a prisão dele por estelionato, roubo, formação de quadrilha e mais uma porção de artigos.

– Caceta! E com a Receita, o que eu faço?

---

11 **Doutor Cristiano Euller Roger,** 62 anos, advogado tributarista, muito gordo. Apesar disso, não tem o senso de humor comum aos obesos. Frio. Mas sua muito. De pingar.

O doutor Roger, sempre impávido, examinou todas as declarações falsas da minha firma. Cocei o saco.

– O senhor tem três alternativas. A primeira é não fazer nada. E rezar para a sua empresa não cair na malha fina da Receita. Depois de cinco anos prescreve tudo. Imagino que o senhor tenha as cópias de todas as notas fiscais que passou para o Contador.

– Estão neste envelope marrom.

Cada vez mais impávido, o doutor Roger examinou todas as notas fiscais da minha modesta firma. Cocei o saco impavidamente.

– Desculpa estar coçando tanto o saco. Estou com uma alergia.

– Fique à vontade, senhor. Quanto a esta primeira alternativa, deixar tudo como está, chama-se sonegação de impostos, é crime e pode dar até cadeia. Se bem que o único sujeito preso por sonegação no mundo foi o Al Capone há mais de setenta anos.

– Tou fora. Não vai ser nesta idade que vou cometer um crime. Quais as outras duas alternativas? Tenho um nome, tenho uma mãe. Tou fora.

– A segunda alternativa é o senhor, através do novo contador, informar à Receita Federal que faturou tanto em tanto tempo. E ver em quanto está a dívida. Pelo que eu posso imaginar, com juros e multas, já deve passar dos duzentos mil reais.

Cocei.

– Meu Deus! E vou ter que pagar?

– Isso é outra história, que convesarmos depois.

– E a terceira alternativa?

– Eu não aconselho, nem como advogado, nem como homem. Mas existe. É dar uma grana para alguém lá de dentro da Receita pra sumir com tudo, para "empobrecer" o senhor.

– Não entendi, desculpa.

– Normalmente eles cobram vinte por cento do valor total da dívida. Somem com todos os papéis da tua firma.

– Em outras palavras, um suborno.

– O senhor pode dar o nome que quiser.

– Mas isso é normal?

– Meu amigo, em que país o senhor vive?

– Tou fora. O senhor não me conhece, doutor Roger! Em trinta anos de Banco do Brasil nunca roubei nada. Nenhuma *Bic*, nenhum *clipe*! Faltei só cinco dias em trinta anos. Todos por mortes familiares.

– Acredito.

– Nunca fiz uma desonestidade na vida! Eu sou um babaca, doutor Roger!

– Acredito. Quero dizer, acredito que nunca tenha feito nenhuma desonestidade na vida. E, por isso mesmo, o senhor parte do princípio de que todo mundo é igual ao senhor.

– Babaca?

– Não, honesto.

Comecei a chorar, Fioravanti. Tirei o lenço. Sim, eu uso lenço branco no bolso de trás da calça. Sim, sou daqueles.

Dubai – 5

DENISE ENTROU SEM BATER, como era permitido.

– Fiora, o Príncipe de Dubai está aí de novo.

– Ai, meu saco, tem uma puta duma placa lá fora dizendo que não procuro mulher pra corno.

E eu estava mesmo era curioso com o teor daquele e-mail que estava na minha mão.

– Olha, responde para este doido aqui. Diga que eu não entendi porra nenhuma! Para ele procurar um bom advogado tributarista, que eu não sou policial, nem advogado, nem conheço ninguém na Receita Federal, etc., etc., etc.

– Tá.

Ela me mostrou três notas de cem dólares.

– Me deu, só para eu tentar te convencer. O Príncipe.

– Deixando-se subornar, minha querida Denise? Devolva essa merda pra ele. E diga que se ele continuar sentado aí fora, vou chamar os nossos amigos da Federal.

Mas não deu tempo. Quando Darwin abriu a porta para sair, entrou o sujeito que eu julguei ser o Príncipe de Dubai[12], com um acompanhante[13] também com cara de árabe, mas vestido à paisana. Sim, o Príncipe estava vestido de príncipe mesmo. Os dois homens estavam de mãos dadas, costume lá daqueles povos. Darwin deu uma olhada de cima até embaixo nas sandálias e se mandou. *Eu, hein?*, deve ter pensado.

Paisano, alto e magro, com um olhar estranho, *aquele efeito que os olhos dos recém-mortos têm, de quase, mas não completamente, nos encarar. E apresentava os dentes finos e pontiagudos e o sorriso recuado de um rato*, como diria Raymond Chandler. Nos dias seguintes os dois seriam chamados de *O gordo e o magro das arábias*, que é como se referiria a eles a Denise.

Eu me levantei, já de saco cheio, mas antes que eu pudesse dizer alguma palavra o Paisano falou rápido, com um português cheio de sotaque. Sentei-me.

– Senhor doutor, sou Mohammed Kashid. Nossos cumprimentos – e apontou o Príncipe. – Príncipe Alaa Abdul Zahra, dos Emirados Árabes Unidos.

A Denise olhou para mim com uma cara onde estava escrito *se vire* e saiu levando o e-mail.

---

12 **Príncipe Abdul Zahra**, uns 25 anos. Como todos os príncipes árabes são iguais, com aquelas roupas idênticas, não preciso acrescentar nada. Só um detalhe: era baixo e gordo.

13 **Mohammed Kashid**, uns 45 anos, alto e magro, quase pendurado no saco do príncipe. *Seu nariz era chato, como se tivesse sido quebrado, e os olhos eram tristes, como se seu coração tivesse tido o mesmo destino. Ele parecia um estivador que escrevesse poesia*, como diria Donna Leon.

– Príncipe Zahra não fala português. Vim como intérprete.

Me sentei novamente:

– Pois diga ao seu Príncipe Zahra que eu não procuro mulher que abandona marido.

Os dois árabes falaram brevemente. Fiquei espantando como o Príncipe falava fino, quase uma mulher. Segurei o riso.

– Não se trata disso, senhor doutor.

– E para de me chamar de senhor doutor! Não sou nem tão velho para ser senhor e nunca defendi nenhuma tese de doutorado.

O Príncipe se aproximou da minha mesa, enfiou uma das mãos dentro daqueles panos todos e tirou um pacote do tamanho de um tijolo. Colocou ao lado do meu maço de cigarros.

– O que é isso? Uma bomba caseira?

– Dinares! – sorriu sem um dente o Paisano. – Nosso dinheiro. Tem aí duzentos mil dinares das Ilhas Bahrain.

– Trocando em miúdos, quanto vale isso?

Eu perguntei, só por curiosidade.

– Em reais, 1.082.228,12, na cotação de meia hora atrás. E pode ter certeza que até o final do ano vai valer mais.

Não sei se fui educado ou ganancioso:

– Vamos sentar.

Eles falavam entre si. Sentaram-se no sofá e ficaram unidos pelos dedos mindinhos. Sei que é cultural lá deles esse negócio de homem ficar de mãos dadas com homem. Mas aquilo me dava um certo desconforto. Ficava achando que eles iriam se beijar na boca a qualquer momento. *Cultural é o cacete*!

– Se o senhor achar a Marilei, mais um pacotinho desses.

Era ganância mesmo.

– Aceitam um uísque?

Trocam ideias e de dedinhos. Agora são os polegares.

– Sim. Aceitamos.

Ninguém viu, mas eu apertei duas vezes um botãozinho debaixo da minha mesa, e a Denise entrou. Já com o balde de gelo, como era o combinado.

– Traga aquele dezoito anos. O Azul.

Uísque servido, elogiado, fomos aos negócios. Antes, com o meu iPhone, tirei algumas fotos do Príncipe e do Paisano, sem que eles percebessem, é claro.

– Estão a passeio aqui na ilha?

Quem falou foi o Paisano, evidentemente:

– Vou resumir a história e ver se o senhor se interessa. Há um ano o Príncipe esteve no Brasil e passou uns dias aqui em Florianópolis. E quase todas as noites, para ser franco, na boate aqui ao lado. E conheceu uma garota. A Marilei. Temos uma foto dela. E, desta vez, já estamos aqui há um mês e nada. Muito provavelmente ela não trabalhe mais aqui.

– E nem se chame Marilei, não é? Posso ver a foto?

– Momento.

O Paisano falou com o gordo, que revolveu toda aquela vestimenta branca e tirou um envelope. Dentro do envelope estava a fotografia, rodeada por um papel fininho. Ele tirou o papel, passou para o Paisano que deslizou para mim, com seu olhar de rato.

Olhei a foto.

– A resolução é muito boa.

Disse eu, assustado com o que vi, mas sem demonstrar nada.

– Foi ele quem tirou.

– Muito boa a foto. Mas só tem esta?

– Infelizmente. Agora o senhor entende por que precisamos de um detetive.

– Realmente...

Fiquei olhando para a foto colorida. O trabalho era bem mais difícil do que eu imaginava. A foto era de uma bunda e seu respectivo ânus.

Avenida Rio Branco – 6

FIQUEI DESLUMBRADO E ME xinguei muito quando conheci o escritório do novo contador. Três andares, dezenas de funcionários. E não aquela espelunca do Contador antigo e escroto. Precisava ver os móveis. Lindos! Mocinhas simpáticas, educadas e muito práticas. A chefona era a Laura[14]. E foi ela quem me deu a notícia. A minha dívida já estava em duzentos e poucos mil reais àquela altura. Dá para acreditar? Isso há dois anos. Sabe quanto está hoje? Quase quatrocentos! E ela me perguntou se eu possuía bens, imóveis, aplicações, etc., etc., etc.

----

14 **Laura Martini**, 54 anos, CRCSC número 23.736. Uma mulher extremamente magra, nariz aquilino, como se fosse personagem do Machado, com um bom humor cativante. E é impressionante como ela ama a contabilidade. Tem verdadeiros orgasmos quando termina um balancete complicado. Solteirona. Dizem que... Deixa pra lá.

Eu possuía. Duas salas no centro, um carro do ano e o meu sítio, onde moro. Foi tudo que eu consegui com os trinta anos de banco e o meu invento. Fora as aplicações em CDB.

Aí ela me mandou passar tudo para o nome de terceiros, menos a minha casa, que é inalienável, por ser considerada "bem de família". Você deve saber disso: "bem de família", é claro. E a aplicação em CDB para a minha velhice que, orientado pela mocinha do banco, eu passaria, depois, para uma previdência privada. Deveria passar tudo para outra pessoa. Já imaginou a trabalheira? A dor de cabeça? Iria ao banco no dia seguinte.

E o meu saco coçando cada vez mais. Naquela época, fui a dois urologistas e dois dermatologistas. Os urologistas diziam que era problema de pele. Os dermatologistas diziam que eram uns cistos que eu cultivava na pele do saco. Dezoito, para ser mais exato. Dezoito bolinhas amarelas!

Veja o bilhete que um médico urologista mandou para um colega dermatologista:

Solicito sua avaliação e conduta com relação ao paciente em questão, que apresenta área de hiperemia e ardência na região anterior da raiz do escroto. Como o paciente referiu o uso continuado de vários cremes dermatológicos (não sabe referir os nomes dos medicamentos), num primeiro momento inferi que pudesse estar relacionado ao uso crônico de corticóides. Ocorre que a retirada do corticoide (já há duas semanas) não surtiu melhora. Diante disso, gostaria da sua avaliação para diagnóstico e conduta. O paciente apresenta também vários cistos sebáceos no escroto, nenhum deles infectado e de conduta expectante no momento, haja vista que não há incômodo do ponto de vista estético.

Tive que fazer quase que uma plástica no saco, detetive. E, para cada bolinha, uma injeção, uma picada de anestesia! Dá para você imaginar o que são dezoito picadas de agulha no saco, que é a pele mais sensível do corpo? Dezoito! Nem mais, nem menos. A cada estocada eu jurava que ia matar o Contador.

Durante dois anos, até fazer a operação, usei todas as pomadas que você possa imaginar: Vodol, Kamillosan, Aciclovir, Baycuten, Protopic, Polvilho Antisséptico Granado, Andriodermol, e nada! Nada! Nada! Nada vezes nada!

Um dos médicos sugeriu que poderia ser algum material usado na lavanderia. Passei a ferver todas as cuecas depois que a mamãe lavava, e ela não entendia o que eu estava fazendo.

Outro, dizia que podia ter fungos na toalha, porque o meu banheiro não tem janelas. Comprei uma porção de toalhas novas. Uma para cada banho. Depois fervia as danadas. Picas.

Podia ser o sabonete, alguém palpitou. Comecei a usar sabonetes infantis. Nada vezes nada! A caixa escrotal coçando. Dormia com um travesseiro entre as pernas. Anos, Fioravanti, anos com o saco comichando.

Fui fazer psicanálise. Era mesmo psicossomático, entende? Negócio espantoso a mente da gente, não é mesmo, Fiora? Mas a coceira ainda estava longe de desaparecer.

Centro – 7

DARWIN PEGOU A fotografia, olhou, arregalou os olhos, olhou para mim, voltou para a foto:

– Mas isto aqui é uma bunda!! Apenas uma bunda!

– Um belíssimo exemplar. É uma foto de muito boa qualidade.

– Me desculpe o péssimo trocadilho, Fiora, mas o que é que este cu tem a ver com as calças?

Peguei a foto, admirei mais uma vez aquele excelente médio glúteo, coloquei em cima da mesa e abri o pacote do príncipe.

O Darwin se levantou, aproximando-se da mesa.

– E isso, o que é?

– Dinares, Darwin Matarazzo, dinares! Em reais, tu queres saber, né? Pouco mais de um milhão. Achando a dona disso aí, mais um milhão.

Darwin pegou uma nota de mil dinares e ficou olhando, alisando, cheirando.

– Foi o tal do Príncipe de Dubai?

Acendi o Camel, peguei a garrafa de uísque que ainda estava por ali, me servi, fui até a geladeirinha, peguei gelo, perguntei com um levantar de cabeça se o Darwin ia querer.

– Acho que para ouvir essa história vou ter que tomar uma dosezinha. Um dedo. Mas que dinheiro bonito! Olha o tamanho das notas!

Voltou a olhar para a mais que perfeita bunda.

– O baixinho, o príncipe, esteve há um ano aqui em Florianópolis e se apaixonou por essa bunda, ou melhor, por essa menina. E agora quer porque quer levar a moça para Dubai. Simples.

– Era garota de programa?

– Sim, sim, frequentava aqui a *Black-Tie.*

Fui interrompido quando a porta se abriu e entrou a Tinha, correndo e balançando seus seios grandes e oferecidos. E já entrou chorando. E chorando alto. Atrás, com um copo de água com açúcar, já vinha a Denise.

– Toma isso, menina, toma isso!

A Tinha me abraçou, e eu fiquei alisando o cabelo dela. Ela se apertava no meu peito, seus seios quase pulavam para fora, dava para ver os bicos cor de rosa. Fiquei com medo de ficar excitado ali. Ah, se eles soubessem! Ah, se a Til imaginasse uma loucura dessas.

– Calma, calma. Senta aqui. Denise, tu vai me desculpar, mas acho melhor um uísque do que água com açúcar.

A Tinha fez que sim com a cabeça. Deu um belo gole no meu copo.

Imediatamente eu pensei que *a mãe dela ficou sabendo de tudo. Sujou!*

– Sua mãe?

Mas a mãe dela estava na Europa. Mesmo assim a pergunta procedia. Poderia ter acontecido algo.

– Não... Não. A Cynthia[15]! Aquela minha colega de classe que casou outro dia e o marido fez ela largar a faculdade.

Eu ignorava completamente quem fosse a Cynthia, aquela colega de classe que casou outro dia e o marido a tirou da faculdade.

– Sim, a Cynthia. O que houve?

– Dá um copo só pra mim.

Denise foi providenciar.

– Foi sequestrada, Fiora! Acabei de vir de lá.

E dá-lhe lágrimas na minha camisa.

– Calma, Tinha. Acabou de vir da onde?

– Da casa deles! O pai e o marido dela pediram para eu vir falar contigo. Tá cheio de polícia lá.

– Vamos lá.

Darwin me puxou para um canto e falou baixinho.

– E a bunda?

– A bunda, Darwin, é sempre depois. Nunca deve ser a prioridade. Assusta a vítima. Vem com a gente.

Perguntei para a Tinha:

– Onde mora ela? Ou melhor, morava?

– Palhoça.

Cocei a cabeça. Sentei de novo no sofá. Abracei de novo a Tinha. Ela não parava de chorar.

– Presta atenção, Greta Staud! Eu não sou policial. Palhoça é outro município. Se a casa dela fosse aqui, eu conheço todo mundo da Divisão de Sequestros. Mas eu não posso ir lá me meter. Mesmo

---

15 **Cynthia Valverde Matos**, 22 anos, ex-bancária, ex-universitária e agora só esposa. Apenas esposa. Muito bonita, alta. Ao se casar, deixou de trabalhar e de estudar. E nem está grávida.

que o pai dela e o marido me chamem. A não ser que a polícia de lá tome a iniciativa. Tu me entendes?

– Eu não entendo nada. Tá todo mundo desesperado lá.

– Vou procurar saber quem é o delegado de Palhoça e quem está encarregado do caso, e entro em contato com ele. E com a família da tua amiga. Como era mesmo o nome dela?

– Cynthia. Ela acha tão bonito, com y e th...

– Me dá o telefone do pai. Denise, me liga para a delegacia de Palhoça. E tu, para de chorar. Por favor, Denise. Tirei umas fotos do Príncipe. Faça umas cópias das melhores para mim.

E passei o iPhone para ela.

– Eles são pobres, Fiora. Não vão ter dinheiro para pagar o sequestro.

– Já houve algum pedido, alguém ligou?

– Claro! Só para dizer que ela estava bem. Que voltaria a fazer contato. Sequestro no duro!

– Bebe, Tinha, bebe!!! Amanhã cedo a gente resolve isso.

– Amanhã?

– Sei o que estou falando.

Enquanto isso, o Darwin olhava para a foto, intrigadíssimo. E fissurado, quase ignorando o caso do sequestro. Parecia que ele nunca havia encarado uma foto daquelas.

– Vou escanear e ampliar a foto.

Entrou a Denise.

– Fiora, o e-mail daquele doido volta. O endereço é falso mesmo.

– Esquece. Toda a concentração no bumbum milionário.

– Como? – levantou as sobrancelhas Denise.

Pegou a foto e olhou:

– Não nos faltava mais nada! Nada!

Entregou um papel para mim.

– O celular do delegado encarregado do sequestro.

Olhei.

– É o Kiko[16]! Conheço ele.

Servi mais uísque para todo mundo. Tinha pegou a foto.

– De quem é? Bonita, a bunda.

– É o que eu quero saber.

Ela me olhou meio enciumada. Acho que a Denise sentiu algo no ar.

– Tu vai sair por aí procurando bunda, Fiora?

– Eu, não. O Darwin.

– Eu?

– Tu!

Denise, saindo:

– Essa foto vai acabar dando merda! Vão por mim.

---

16 **Francisco Palhares**, o **Kiko**, delegado de Palhoça (cidade da Grande Florianópolis), 43 anos, casado pela segunda vez, uma filha com cada mulher. Foi um violento zagueiro do Criciúma nos anos 80. Dizem que chegava a ser cruel, até arrebentarem com o joelho dele. Manca.

Daniela – 8

NOITE NA ILHA. CASA do Darwin:

Fabiana[17] entrou no pequeno quarto que servia de escritório para o marido, segurando aquela foto nas mãos. Apesar do seu peso, entrou silenciosamente. A tempo de ver uma outra bunda na tela do computador.

– Tarado!!!

Darwin se apavorou e, ao tentar sair daquela página, clicou no lugar errado e outra bunda entrou. E depois um *close* de um ânus.

– Fora esta que estava no bolso da tua camisa, seu Darwin!

– Posso explicar?

----

17 **Fabiana de Castro Matarazzo**, mulher do Darwin, 30 anos, obesa. Muito obesa. Nunca recuperou o peso da gravidez do filho Tomás, que já tem 11 anos. E, nos últimos anos, apesar de visitas anuais a um SPA, havia passado dos cem quilos. Dentista. Um rosto lindo, moreno. Lê muito: revistas de celebridade. Semanalmente.

Fabiana segurou Darwin pelo colarinho.

– Rua! Rua! Agora eu entendo por que há tanto tempo você não me procura mais.

– Por favor... Posso explicar?

– Por favor, digo eu. E desliga essa pornografia da tela. E some daqui antes que eu faça um escândalo que vai até acordar o Tomás. Filho de uma cadela! Depravado!

Darwin, saindo da cadeira, ainda balbuciou:

– Pior se fossem de homens...

Fabiana sentou-se na poltrona e começou a chorar. Mas parou quando percebeu uma porção de revistas ao seu lado. *Playboy* e *Sexy*, separadas em duas pilhas.

Se recompôs.

– Meu advogado fala contigo!!!

– Que advogado, Fabiana? Desde quando tu tens advogado?

– Rua!!!

Saiu.

Mais tarde, já com Darwin e sua mala na praia em frente do condomínio, entrou no computador do ex-marido, como ela começou a tratar o pobre-coitado. Viu os últimos arquivos abertos. Nádegas, nádegas e mais nádegas. De todos os tipos e cores. Correu para o banheiro. Vomitou.

Enquanto ela vomitava, o Tomás[18], que havia acordado com aquele esporro todo, entrou no escritório e deparou com um bumbum no monitor. Era tudo que ele queria e sonhava. Começou a repassar uma a uma, extasiado e feliz. Que vidão!

---

18 O filho do casal, de 11 anos, melhor amigo do filho do Fioravanti, o Valentim.

Pântano do Sul – 9

HÁ SEIS MESES A OFICIALA da Justiça[19] esteve pela primeira vez aqui em casa. Quando eu olhei pela janela, senti que ela era. Pela roupa. Aquele taierzinho cinza básico, aquele penteado com um levantadinho no alto da testa, usado há uns quinze anos. Ela entrou toda séria e todo-poderosa e sentou-se na ponta da cadeira. Acho que era para não pegar intimidade.

– Estou com uma ordem de penhora, senhor.

– Pois não.

E ela começou a citar – lendo numa folha de papel – tudo que eu possuía. E que já não era mais meu. Ela não sorria. Profissional.

---

19 Ah, a **Professora Doutora Wildete Nesbo**!, 42 anos. Colocou lá no cartão de visitas dela: Oficiala de Justiça Federal. Poder Judiciário. Seção Judiciária de Santa Catarina. Justiça Federal. Circunscrição de Florianópolis. Não precisa dizer mais nada, né? Mas eu vou dizer. A impressão que passa é que jamais, em tempo algum, qualquer que fosse a circunstância, ela sorriu.

– Sabe, doutora, isso aí é que o meu contador não pagou e...

Ela não me deixou terminar a frase. O meu problema não era dela. Anotou as datas em que eu havia vendido (na verdade passado para o nome da minha mãe) os dois escritórios do centro. Quando ela perguntou do meu carro, disse também que havia entregue para a concessionária de entrada num outro que eu comprei em nome de outra firma que abri em nome da mamãe.

Aí ela pediu para eu assinar o recebimento daqueles papéis. A gente estava em outubro. Mas a data do documento era de março. Reclamei, ela me explicou que já tinha vindo umas dez vezes aqui no meu sítio e não havia achado ninguém. E o que valia para a Justiça era o dia em que o Juiz havia assinado. Sete meses atrás. Depois ficaria sabendo que tudo o que fiz entre março e outubro daquele ano foi de "má-fé". Ou seja, eu já estava à margem da lei e da sociedade.

Mas era mentira! Ela não tinha vindo nenhuma vez ao meu sítio! Oito ou dez, vê se pode!

Ela foi embora, e eu fiquei com os papéis na mão. Minha mãe entrou chorando.

– Oficial de Justiça nunca é bom, meu filho.

Mas não perguntou nada.

Fui tomar banho para pensar. Eu teria que inventar uma desculpa para a minha mãe. Ou contar a verdade. Que, a partir daquele momento, os homens estavam atrás de mim. Uma coisa era o cara ter me roubado. Outra era as pessoas invadirem a minha casa atrás dos meus bens. Minha mãe não era burra.

Liguei para o meu advogado no dia seguinte, e ele me perguntou:

– Você passou os escritórios para o nome da tua mãe depois de março? E a venda do carro?

O saco ferveu.

Isso significa o seguinte: que tudo o que eu havia feito depois de março não valia. Eu poderia perder tudo. E mais: quem havia comprado o meu carro da concessionária podia ter que devolver o carro. Como eu havia feito tudo depois de março, eu havia agido de "má-fé", tá entendendo, detetive? Mas eu só fui notificado em outubro!!! Estou meio repetitivo hoje.

Eu teria que começar a correr contra o tempo. E mais: o meu pequeno investimento de duzentos mil reais poderia ser bloqueado online pela Internet. *Confisco online* ou algo parecido, é o nome da sacanagem. A Receita Federal brasileira tá moderníssima!!! Pras negas e pros negos dela, é claro.

Minha mãe percebeu que eu mudara. Não dormia mais. Mesmo o meu carro, que estava em nome da firma nova, poderia cair nas mãos das senhoras de tailleurzinho.

Minha vida estava indo por água abaixo, e a cachoeira era muito alta.

No dia seguinte fui ao banco e à concessionária.

Eu precisava salvar a minha aplicação, saber quem estava com o meu carro antigo, sumir com o novo.

Foi quando comecei a cometer todos os crimes. Um atrás do outro. E minha mãe, cada vez mais desesperada.

E, para completar, o meu cachorro, o Dunga, morreu. De velhice ou de me ver diariamente triste, cabisbaixo, quase chorando, me considerando um fugitivo da polícia fiscal. Se eu quase chorava, minha mãe sim, chorava. E muito. Mesmo sem saber de tudo.

E eu não dormia mais.

Tinha que descobrir quem é que estava com o meu carro antigo. Modelo de três anos atrás. Essa pessoa poderia perder o carro sem saber de nada. Esta é a Receita!

Não sei se terei coragem de continuar a escrever e contar os meus crimes todos. Amanhã vai ser um dia difícil. Vou tentar dormir.

Comprei uma caixa de Frontal. Para mim e para a mamãe.

Canajurê – 10

TINHA, AINDA UM POUCO tensa, mas mais calma, estava na varanda, olhando e ouvindo o mar que chegava na areia, a uns dez metros dela. Sentei-me ao seu lado e comecei a enrolar um baseado. Silêncio entre nós dois. Um silêncio cúmplice. Eu, mais de sessenta, ela vinte e um, uma amiga sequestrada, filha da ex-namorada deste maconheiro tocador de violino. E detevive. Encrenca.

Quebrei o silêncio.

– Amanhã cedo vamos lá em Palhoça. Quer dormir aqui pra facilitar?

Ela quase choramingou.

– Não é na Cynthia que eu estou pensando agora.

– Eu sei.

Silêncio.

– Acho melhor a gente não se ver mais.

– Mas amanhã temos que ir à Palhoça.

– Pois é. A mãe tá pra chegar.

– Melhor a gente colocar na cabeça que não aconteceu nada.

– Deixa de ser hipócrita, Fiora! Não só aconteceu, como continua acontecendo.

Me levantei de olho no mar.

Vinha chegando um caiaque de dois lugares. Agucei a vista. No primeiro banco, o Darwin. Atrás, uma mala.

– Ih, fudeu!

Acendi a bagana.

Tinha cumprimentou Darwin e entrou.

Da sala, quase na surdina, vinha o piano do Thelonious Monk, suave em *Round midnight*, o ritmo, bem cadenciado, parecia ter sido composto por Monk para as lágrimas que rolavam levemente do rosto do meu amigo e parceiro, que chegava à varanda com a mala a tiracolo.

Eu não sabia o que dizer diante da chegada do Darwin, já imaginando o que havia acontecido. Ele estava acabado. E quem não tem o que dizer diz bobagens assim:

– Linda a música, né?

Agora tocava *Monk's dream*, um pouco mais animadinha, com Charlie Rouse ajudando no sax tenor.

– A Fabiana descobriu as fotos!!! Aquelas! Posso passar a noite aqui?

– Claro.

Silêncio.

– Tu tens que colocar na cabeça dela que é um trabalho profissional! Nada além disso. Tu fica no quarto do Valentim.

Darwin balançou a cabeça.

– E ficar procurando bunda de garota de programa é trabalho que se apresente, Fiora?

– Por quatrocentos mil dinares, é um trabalho muito bom!!!

– E, por quatrocentos mil dinares, a minha mala está aqui. Ela viu as fotos no computador. Tem certeza que é uma tara minha. E nem adianta tu, o príncipe e o papa irem falar com ela.

Well, you needn't.

– Darwin, posso te fazer uma pergunta bem íntima?

– Vai.

– Há quanto tempo tu e ela não... fazem amor? Afinal, Darwin, a tua mulher tá pesando mais de cento e vinte quilos.

Darwin se enfureceu:

– Vá se fuder!!! E tu achas que gorda não gosta de sexo?

Longa pausa, ficou me olhando tragar meu cigarrinho. Aquiesceu.

– Oito anos... Mas isso não tem nada a ver com as fotos. Nem com o peso dela, posso te garantir! E o Tomás? Tu acabou com a minha família! Dinares...

Tinha trouxe a garrafa de uísque e mais um copo para a varanda. Darwin olhou para ela, depois para mim. Deve ter tirado alguma conclusão.

Bebemos em silêncio. Mudei de direção.

– Aquele caso da amiga da Tinha. Amanhã vamos à Palhoça. Quer ir?

– E a bunda?

– Que aguarde. Quanto ao seu casamento, depois a gente dá um jeito nisso.

– Posso colocar o último CD do Caetano?

– Coloque o que quiser, Tinha.

Darwin olhou de novo para Tinha, para mim e ficou quieto. Mas eu percebi que ele sentiu alguma onda no ar além da voz do Caetano, que começava a encher a sala ali bem na praia.

Coloquei o braço no ombro do Darwin e caminhamos até a água. Estava gelada àquela hora da noite.

– Desculpa, cara.

– O quê?

– Os cento e vinte quilos.

Ele não disse nada.

– Pois se tu está com problemas com a Fabiana, eu estou com esse problema aí.

– Complicado.

– O mais doido, Darwin, tu sabe, eu só transo com garota de programa. E de repente... E não é uma trepadinha, não, cara. Tou apaixonado. Acho que desde a mãe dela que eu não me apaixono assim.

Darwin entrou um pouco no mar até a água bater no joelho, junto à bermuda. Eu acendi um cigarro careta. Darwin voltou:

– Vou dormir.

Canajurê - 11

– TU NÃO ACHA QUE a gente tem que conversar, Ugo?

– Tudo bem, tudo bem, mas já te disse mais de mil vezes para não me chamar de Ugo. Ugo é o teu irmão.

– Então desliga o computador. Vem deitar.

– Desligo. Mas se veste. O Darwin ficou desconfiado.

– Mas a gente vai conversar? E se veste tu também. Não existe nada mais broxante do que homem nu no computador.

Caminhei pelo quarto e fui jogando as roupas dela em cima da cama. Ela riu. Antes de sair e fechar a porta dei uma olhada para o seu corpo ainda nu. Deus era meu amigo, não havia a menor dúvida. *O que essa menina viu em mim? E quando a mãe dela souber, um tornado vai varrer a ilha a 250 quilômetros por hora.*

Um tornado subtropical.

Na sala, sozinho, eu não podia deixar de pensar no último e-mail do misterioso E. R. N. Não podia deixar de me lembrar da bunda do Príncipe de Dubai, que valia dois milhões de reais. No sequestro da amiga da Tinha. Mas o e-mail era o que mais me atormentava. E eu não sabia ainda por quê.

E a Tinha ainda queria discutir a relação, caceta! Mulher é foda! Quando mais gostosa, mais foda!

Acendi um Camel, abri um tinto, coloquei o ágil piano de Art Tatum: *Sweet Lorraine*. Na parede, a emoldurada dona Raquel Paula[20] fixava um olhar duro em mim.

E a Gretinha entrou na sala, e jogou-se no sofá, vestida.

– Eu disse para tu se vestir!

– Tá louco? Tou vestidíssima. Tou até de sapato.

– Isso para ti. Mulher com camisa de time de futebol dá o maior tesão, sabia?

– Qualquer dia vamos transar de chuteira. Chuteira com salto alto, o que você acha?

– Sempre que eu te olho é nua que te vejo. Eu e a minha mãe ali.

Ela encheu um copo de vinho. Pegou o baseado, acendeu de novo. Tragou, me ofereceu. Fiz um leve movimento com a mão dizendo não. Ela ia começar a discussão, ia começar a falar, quando tocou o seu celular. Atendeu. Viu quem era, saiu para a varanda. *Happy feet* estava meio alto. Fiquei pensando nos pés da Gretinha.

Pelo jeitão nunca vai ter joanetes. Como a mãe.

Tinha entrou, séria.

– O sequestrador ligou de novo.

– E?

---

20 **Raquel Paula Fialho Fioravanti**, falecida mãe do Fioravanti. Na foto, toda de preto, com fiapos de rendinhas brancas no apertado colarinho e nos pulsos. De qualquer posição da sala em que Fiora a olhava, sentia que a mãe o seguia com os olhos.

– A mãe da Cynthia falou com ela. A Cynthia disse que tem até televisão no cativeiro. Isso é bom ou ruim?

– Não sei. Deve ser o primeiro caso na história.

– Mas a Cynthia estava chorando. Aí veio o sequestrador e disse que ela seria solta logo.

– Não falou em dinheiro?

– Não. Nada. E eles também não perguntaram.

– Isso está parecendo mais um rapto.

Ela deu mais uma tragada no baseado. Dessa vez eu aceitei.

– E qual a diferença entre rapto e sequestro? Sexo?

– Pode ser.

Ela começou a chorar. Sentei ao seu lado. Mulher bonita chorando excita qualquer homem. E me excitou mesmo. E a ela também. Só faltava o Darwin acordar agora. Fomos para o quarto. Mamãe entenderia.

Sem discutir a relação, fizemos sexo pela segunda vez naquela noite, façanha que eu não sou muito chegado já há algum tempo.

Não que eu quisesse discutir a relação – ou talvez quisesse –, mas toquei no ponto, enquanto ela estava brincando com o dedão do meu pé esquerdo.

– Tinha, por que eu?

Ela deu uma leve e confortante mordiscada no dedão e um peteleco no mindinho.

– Porque foi tu, Fiora, que me fez ser como eu sou.

– Eu???

– Duvida? Lembra quando eu estava com uns quinze anos e tu passou o DVD do *My fair lady?* E o que é a história? Um professor já pelos cinquenta, sessenta talvez, se apaixona por uma garotinha chamada Audrey Hepburn e começa a ensinar tudo para ela. Tá lembrado quando me mostrou? A partir daquele dia tu passou a ser o meu professor, meu caro Rex Harrison. Eu tinha quinze anos, cara! Covardia.

– Grande Bernard Shaw! Mas não foi de propósito que eu passei o filme. Pelo amor de Deus!

– Eu sei disso, Fiora. Mas a lição continuou, as aulas. Senão, vejamos! Cinema, por exemplo. Quem me apresentou *Cidadão Kane, O falcão maltês, Era uma vez no oeste*, todos os Kubrick, todos os Almodóvar? Na minha idade jamais veria esses filmes. Quer mais?: *Cat ballou*, Oscarito, Bogart, Marilyn, James Dean? Os primeiros do Wood Allen?

– O de Barcelona também é bom.

– Literatura, agora. Quem é que na minha idade já leu Xavier de Maistre e Sterne? Cortázar, Campos de Carvalho? Tu não percebia, mas tu estavas criando uma menina para se transformar numa mulher para ti. Tu me criou, Fiora, à tua imagem e semelhança.

Brincando com uma falsa modéstia, arrematei:

– Não exageremos.

– Todos os livros policiais: Hammett, Chandler, aquele sueco, aquele dinamarquês, Simenon, Rendell, Andrea Camilleri, o *jazz*, a música clássica –, ah, *As quatro estações*! -, *A megera domada*. Tudo, todos os Beatles. *Help, baby!!!*

– Mas os Beatles você já conhecia.

– Não seja modesto, Fiora. Me diga: quem foi que me levou pela primeira vez no Ressacada pra ver o Avaí jogar? Eu era uma menina. Toda de azul. Lembra, o Guga tava lá.

E ela foi se ajeitando no meu peito e dizendo nomes de autores, cineastas, atores, atrizes, diretores, cantarolando músicas, até dormir depois de eu prometer que iríamos cedinho para a casa da Cynthia, com *y* e *th*. A última frase que disse, já dormindo:

– De azul... Toda pura...

Saí debaixo dela com cuidado, me levantando com toda a cautela, como um velho saindo da banheira, como diria o citado Chandler, e fui para a minha mesa. Nu, liguei de novo o computador. E porque não dizer: com uma ereçãozinha intelectual modesta. E ela sussurrou lá da cama:

– E quem foi que me explicou o impedimento, meu amor?

Antes de ler o novo e-mail, olhando para aquele corpo nu da minha namorada, tive um pensando meio maldoso:

A mãe dela não pode achar ruim. Afinal, quando ela era da idade da Tinha, tinha sido garota de programa. Tinha tinha...

Claro que eu jamais diria isso para a Til. E muito menos para a Tinha.

Entrei no Outlook. A Tinha tinha mesmo dormido.

Universidade Federal - 12

EU CRIARA UMA ÓTIMA desculpa para perguntar na revendedora quem é que havia comprado o meu carro. *A nova contadora me pediu. Eu tenho que colocar na declaração deste ano para quem eu vendi e por quanto, entende?*

Você se lembra que eu dei o carro de entrada, e a concessionária repassou para alguém. E esse (ou essa) alguém estava perigando perder o carro. E, se perdesse, iria cobrar da revendedora, e a revendedora viria pra cima de mim. Prejuízo pra mais de cinquenta paus!

A Cau[21] estava linda como sempre. Me ofereceu café e perguntou pelo carro novo.

----

21 **Catarina Mellinger**, 41 anos, divorciada, longas pernas dentro da calça *jeans* e botas brancas quase até os joelhos. Fazia qualquer negócio para vender um carro. Eu disse qualquer negócio. Ela mesma dizia para quem quisesse ouvir, que tinha furor uterino. Escobar sempre mantinha o distanciamento regulamentar.

Aceitei o café e expliquei por que eu estava ali: precisava saber o nome, o CPF e o endereço de quem havia comprado o meu carro para declarar no imposto de renda. Ela me pediu um tempinho, entrou no computador, e eu fiquei sabendo que a compradora era uma tal de Joana. Me deu o CPF dela e o endereço. E o valor, claro. Eu sabia onde era a rua.

Fui para lá dar plantão. Não sabia se ela estava em casa. Torci para que estivesse e saísse.

Eu ia roubar o carro dela, Fiora.

Mas sem violência nenhuma. A chave reserva que nunca me lembrei de entregar para a Cau, estava ainda comigo. A tal da Joana não iria sair perdendo. O seguro pagaria o carro. Ela, Joana, que eu não sabia se era moça ou velha, solteira ou casada, feia ou bonita, ficou com o meu seguro, que ainda não tinha vencido, havia me confirmado a Cau.

Posso dizer que tive sorte. Mais ou menos duas horas depois vi o meu velho carro branco saindo da garagem. Ela[22] cuidava bem dele. Estava lavadinho. Deixei ficar um carro entre nós e fui seguindo. Era loira, jovem, com cara de estudante. Bonita, cabelos longos.

Eu estava certo. Ela foi para a Universidade Federal. E lá, ficou das duas até seis da tarde. Voltou com umas amigas, estavam rindo de alguma piada. Simpática, a minha Joana. Eu teria quatro horas para sumir com o carro, se ela realmente ficava todas as tardes na universidade.

---

22 **Joana Cunha Campos**, 19 anos, parecia estar de bem com a vida e com o meu carro, vista assim de longe. E mais não sabemos.

– Mamãe, eu vou viajar uns dias.

Ela ficou quieta; andava ressabiada com os últimos acontecimentos. Me olhando fixo nos olhos. Tentei virar o rosto, mas ela segurou o meu queixo. Delicadamente.

– Meu filho, eu sou velha, mas ainda não estou gagá. Outro dia você me fez assinar uma porção de papéis. Você não tem dormido direito, anda nervoso, tomando aquele remedinho cor-de-rosa. Agora diz que vai viajar? Para onde? Quanto tempo?

Eu queria envolver cada vez menos a minha mãe. Ela nem desconfiava que tudo estava agora no nome dela, que ela era cúmplice da minha fuga dos homens da Receita e do Ministério da Fazenda. E, dentro em breve, talvez, da Justiça Federal.

Os olhos dela, miudinhos, atrás dos óculos, me suplicavam não sei o quê.

Mas eu sabia que ela estava entendendo tudo.

– Vou até o Paraguai.

Ela começou a chorar baixinho. Eu a abracei.

– Contrabando, filho? Isso tem a ver com aquela mulher que veio te mostrar aqueles papéis? Será que se você me contar tudo não vai ser melhor para nós dois? Desabafa, meu filho, desabafa...

Eu sei que ela sabia de tudo. Mas queria ouvir da minha boca que a gente estava na maior enrascada da nossa vida.

Ficou segurando as minhas mãos. Meu saco nunca havia coçado tanto como naquele momento.

– Mamãe, o que eu posso dizer é que tudo está perto de acabar. Questão de dias.

– Tudo o quê, meu filho? Tudo o quê?

Ela ficou chorando no meu ombro. Mãe é mãe, e elas percebem tudo.

– Você promete voltar? Você não está fugindo do Brasil? Me deixando aqui sozinha?

– Imagina, mamãe!!!

E por que o Paraguai?, pode perguntar você. Tenho uma vizinha, aqui perto do sítio, que é paraguaia, a dona Idalina[23], a Lina. Ela trabalha com carros em Assunção. Só fica aqui na ilha na temporada. Consegui o telefone dela com o seu caseiro. Liguei. Sabia que ela fazia rolos com automóveis e motos. Fui direto ao assunto.

Perguntei quanto que ela me pagava por um carro assim-assado, ano tal, sem documentos.

Ela não fez nenhuma pergunta constrangedora e foi direto ao assunto.

– Veinte mil dólares. Pero usted tiene que traer hasta aqui. No puedo correr El riesgo.

Ok.

É, eu é que precisava arriscar. E iria arriscar.

Não pense você que foi fácil, detetive. Esperei na frente da casa dela, a Joana. A segui até o estacionamento da universidade. Ela parou mais ou menos no mesmo lugar do dia anterior.

Fui até o centro da cidade, deixei o meu carro no estacionamento da Rodoviária, porque a ideia era voltar de ônibus com os vinte mil dólares.

Resolvi tomar uma caipirinha no Box 32, no Mercado, para dar uma relaxada. Até aquele momento eu ainda não acreditava no que estava fazendo.

E fui, ainda muito nervoso, devo reconhecer, de táxi para a universidade com uma pequena mala. E a minha chave do carro da Joana, evidentemente.

---

23 **Señora Idalina Galante Armendáriz,** 50 anos, parece uma puta mexicana. Imensa de magra. Dominava – segundo ela mesma – o negócio de carros em Assunção. Viúva quase alegre.

A viatura, como diria você, ainda estava no mesmo lugar, estacionada, como a me chamar, com saudades do seu velho dono. Eu estava suando. Mas precisava ir até ao fim. Não podia deixar que os homens tirassem o carro dela e a concessionária cobrasse de mim o valor total. Cheguei perto do carro, olhando para todos os lados. Havia um rapaz encostado numa árvore, a uns vinte metros. Passei reto e fui ficar do outro lado, até que ele saísse dali.

A chave estava na minha mão, quase encharcada. Eu suava muito. E se ela tivesse mudado as chaves? Suava, coçava. De longe, apertei o controle remoto. As luzes piscaram, e o carro deu o apitinho. Até aqui, tudo bem! Entrei rapidamente. O carro estava exatamente igual. Apenas um logotipo da UFSC no vidro traseiro. Dei a partida. Pegou. Ajustei o banco, os espelhos. Ela também ouvia a Rádio Itapema. Bom gosto. O tanque estava pela metade. Mas eu iria primeiro sair da ilha para depois abastecer.

Fiora, naquele exato momento eu entendi os criminosos. A adrenalina, sabe? A sensação do pecado é muito interessante. Nunca tomei nenhuma droga, mas eu me sentia drogado, acima do bem e do mal. Olhava para os carros ao meu lado e sabia que eles não podiam ter a menor ideia de que eu havia roubado aquele carro. Eu me sentia um deus. Fiquei pensando que os nossos políticos devem sentir aquela euforia diariamente. Quase os invejei, porque era muito, muito bom. Era como se uma gasolina estivesse subindo pelas minhas veias até a cabeça. Deve ser o que chamam de frenesi.

Meu plano era chegar ao meio do estado, em Treze Tílias, para dormir, antes de atravessar a fronteira para a Argentina, no dia seguinte. Não queria passar pela Ciudad Del Este. Iria entrar no Paraguai pela Argentina, passando por Misiones. Lá não teria policiais brasileiros.

A última frase que a minha mãe havia me dito, Fioravanti, foi:

– Que Nossa Senhora de Lourdes te proteja, meu filho.

Palhoça - 13

EU ESTAVA PENSANDO em como escrevia bem o meu quase amigo do e-mail, pouco antes das nove da manhã, quando chegamos ao prédio dos pais da Cynthia, a sequestrada com y e th.

Me lembrei de um autor de policiais: *parecia o tipo do edifício onde moravam viúvas que viviam do seguro de vida do seu falecido – viúvas bem velhinhas.*

O apartamento era simples e muito bem arrumado. E a mãe[24] da Cynthia não era tão velhinha assim. Eu ainda estava com a cabeça no tal do E. R. N. Não conseguia atinar por que aquele sujeito, fosse quem fosse, podia querer me fazendo de ouvinte das suas reclamações. Mas eu sentia que ali havia algo mais. Intuição de ex-policial é intuição de ex-policial. Mas o quê?

---

24 **Vera Lúcia Valverde Matos,** quarentona já meio acabada. Vivia apenas para cuidar do marido e da filha. Sofria muito, coitada. E agora ainda roubam a filha dela, "meu único bem".

A família parecia estar toda de prontidão. O delegado Francisco Palhares, o Kiko, a quem eu já havia telefonado informando que a família tinha me procurado, estava lá. Ficamos sozinhos na varanda e conversamos sobre o caso.

Não havia nenhuma novidade. Ouvimos mais uma vez a gravação do telefonema. Os parentes com os olhos vermelhos e cara de quem não havia dormido nada durante a noite, como se fosse um velório. E semblante de quem não estava entendendo nada. Por que *seques*trar aquela moça, recém-casada, filha de um funcionário público[25], casada com um sujeito igualmente público? *Quanto será que vão pedir para soltar a menina?*, pensavam alto.

O marido[26] veio conversar comigo. Queria saber o que eu estava achando. Disse que não estava achando nada. Só estranhava o fato de o sujeito oferecer um televisor para a vítima.

– Estive pensando nisso.

– Pois não pense. Deixe que a polícia pense. E eu. Sabe, rapaz, depois de tantos anos de polícia e agora como detetive, a gente aprende a ouvir assassinos e a analisar situações. E a voz desse sujeito, apesar de estar disfarçada por algum aparelho, não me parecia ser de uma pessoa má.

O marido estava fora dos eixos, nervoso:

---

25 **Diógenes Matos,** o **seu Matos,** aposentado precocemente por problemas psicológicos, nunca muito bem explicados. Mas tudo teve princípio quando ele começou a insistir que havia viajado num disco voador até um planeta chamado Atarp. A partir daí degringolou bastante.

26 **Juvenal Augusto de Albuquerque,** o **Ju.** Apesar de ter nascido nos anos 80 (está para fazer 30 anos), vive como se ainda estivesse nos anos 40. Basta seguir as ações dele lá em cima para entender o que eu quero dizer.

– Então é isso que o senhor tem para me dizer? O sujeito some com a minha mulher e o senhor vem dizer que ele não é mau? Então tá.

Deu uma pausa.

Eu disse:

– Está tudo muito estranho no caso.

Ele suava muito.

– Tem alguma novidade que o senhor está sabendo além do que nós sabemos?

Mantive a tranquilidade. Sabia em que estado emocional o marido se encontrava. E fui lacônico.

– Não.

Puxei a Tinha para o lado, e deixei o rapaz falando sozinho. Percebi logo que ele não me ajudaria em nada.

– Onde a tua amiga trabalha?

– Ela trabalhava. Não trabalha mais. O marido parece que não gosta. Sabe esse tipo de marido? Mulher minha não trabalha? Basta olhar para o jeito dele se vestir para perceber que é um babaca. Não sei o que a Cynthia viu nesse sujeito. Calça de tergal com vinco, meu Deus!

– Coitada da tua amiga. E antes de casar trabalhava onde?

– Num banco.

Me disse o banco e a agência. Eu sabia onde era.

– Tenho que passar no meu escritório agora. Às duas da tarde vou estar na agência. Pode me encontrar lá? Conhece o gerente?

– Claro, tenho conta lá. É uma gerente. Mulher. Claudete.

– Enquanto isso, consegue aí com a família mais dados. Onde é que ela poderia estar quando foi sequestrada.

Tinha adorou a ideia. Até abriu um sorriso.

– Sabe que sempre que eu vejo em filme o cara entrar no táxi e dizer *siga aquele carro*, eu fico imaginando um dia fazer isso? Vou fazer a maior investigação. Tu vai ver.

– Por enquanto descubra onde a tua amiga pode ter ido ontem. Se ela disse para o marido aonde ia, ou para a mãe.

– Deixa comigo.

Chegou bem perto de mim:

– Te adoro, sabia?

– Sabia.

E fui embora.

Centro - 14

QUANDO ENTREI NA MINHA sala, o Darwin estava lendo o *Diário Catarinense*. A matéria sobre a Cynthia, com chamada na primeira página.

Apontei o jornal:

– O que eles falam aí?

– Nada que tu não saiba.

Darwin fechou o jornal e se levantou. Sentei na minha cadeira e liguei o computador.

– Fiora, eu queria ficar fora do caso da bunda do príncipe.

– Nem pensar! Dois milhões de reais, Darwin.

– Minha mulher vale muito mais do que isso.

– Já disse: nem pensar. Quando a Til chegar de Paris ela vai te ajudar. Como dona desse puteiro aqui, conhece todas as bundas da ilha.

– Tou falando sério, Fiora.

– Eu também. Quando é que a Til chega?

– Sei lá, porra!

Saiu batendo a porta, que logo se abriu com a entrada da Denise.

– Nossa, o garoto tá com um humor de cão hoje.

– Problemas de nádegas.

– Como?

– Denise, aquele sujeito do e-mail mandou mais alguns. Abri na minha casa. E estou vendo aqui que tem mais um. Entra lá no teu computador e rastreia esse sujeito. Pode fazer isso?

– Posso tentar.

Ela me esticou um envelope do Laboratório Santa Luzia que havia acabado de chegar.

– Está com algum problema?

– Não, não, exames de rotina. Depois de uma certa idade, né?

Achei que ela não engoliu aquilo.

– Quero saber é como anda o seu pulmão. *Well*, como diria Marlowe, vou tentar rastrear o homem do e-mail.

– Não tente. Consiga, Denise.

Ela ia saindo. Eu ainda tive tempo de perguntar, como quem não quer nada:

– Quando que a Til volta?

E ela, da porta, ficou me encarando.

– Daqui a dois dias. Acho bom tu conversar logo com ela.

Fiquei puto!

– Espera aí, espera aí. O que tu está querendo dizer?

– Ora, Fioravanti. Há quantos anos a gente se conhece? E essa menina é muito bandeirosa.

E saiu fechando a porta lenta, lentamente.

Merda!

E agora eu estava ali; no meu colo, os dois exames de HIV. Meu e da Tinha. Já fiz outras vezes essa porra. Mas a sensação de ficar com o envelope nas mãos é sempre a mesma. A de que contenha uma bomba dentro. Ao rasgar a lateral, tudo explode. Nem o prédio resiste. A peste!

Resolvi abrir primeiro o da Tinha. Negativo no dela era muito mais provável que no meu. Não deu outra. A menina estava limpa.

Me levantei, fui até a geladeira, peguei o copo que estava em cima, enchi de gelo, apanhei a garrafa de uísque e derramei legal. Aquilo desceu que foi uma beleza. Fui para a janela com o copo na mão. Não sabia se eu estava suando ou era o gelo derretendo.

Dei uma de macho, rasguei o meu envelope e li o que estava escrito. Relaxei. Dei outro gole, acendi o Camel e fui ler o novo e-mail do E. R. N.

Treze Tílias – 15

MAL CHEGUEI À BR-101 com destino ao sul para pegar a estrada para Lages (se não me engano é a tua terra natal, não é?), começou a chover. Forte, muito forte. Para mim era ótimo. Nenhum guarda rodoviário me pararia. O que eu achava mais difícil era passar pela ponte Colombo Sales, que liga a ilha ao continente. Nenhum problema. Mas eu sabia que, até aquela hora, a Joana ainda não dera conta do roubo do seu carro. Ela ainda estava na sala de aula.

A primeira grande surpresa da viagem foi na estrada que liga a BR-101 a Lages. No meio do caminho não acreditei na placa que vi: *A quinhentos metros, Gruta de Nossa Senhora de Lourdes.* Justo essa Nossa Senhora! A minha Nossa Senhora! A Nossa Senhora da mamãe! Apesar de ainda estar chovendo, resolvi descer, rezar um pouco e pedir a proteção dela para a minha empreitada criminosa. Parecia que era a minha mãe quem havia colocado aquela gruta na minha frente.

A imagem devia ter mais ou menos um metro de altura. Dezenas, centenas de tocos de velas em torno dela. Só estava eu ali.

Ninguém reza debaixo de chuva, não é mesmo? Fiquei ali, rezando, olhando para a cara dela. Por causa da chuva parecia que ela estava chorando. Escorriam algumas lágrimas.

Tive um pensamento demoníaco. Totalmente herege, incrédulo e ímpio: roubar a imagem e levar para a minha mãe. Diria que comprei no Paraguai, é claro. Ela ia ficar muito, muito feliz. Fui até o carro, olhei para os dois lados da estrada. Nada. Vi um caixotinho meio arrebentado ali do lado. Na medida certa. Peguei, coloquei embaixo do altar, subi.

Roubei a Nossa Senhora, Fioravanti. Afinal, eu já era um marginal. Ou não? O que me importava naquele momento era a felicidade da minha mãe.

Coloquei no porta-malas. Ninguém viu. Com aquela chuva toda, nem Deus, pensei, e fiz um sinal da cruz. Adrenalina de novo. Isso é muito bom, Fiora!

Seguimos viagem.

Já eram mais de sete da noite quando chegamos a Treze Tílias. Mesmo de noite e com a chuva que não parava, deu para perceber que eu não estava mais no Brasil e sim na Áustria. Logo à minha esquerda ficava um hotel grande e charmoso, chamado *Dreizenlinden*, que eu ainda não sabia que significa exatamente Treze Tílias Parei o carro na porta e entrei.

Mais tarde, no quarto, depois de assistir ao *Jornal Nacional* e saber das chuvas pelo oeste, ficaria conhecendo mais ou menos o que já sabia, num folheto colocado ao lado da cama:

Treze Tílias foi fundada por imigrantes da região do Tirol austríaco que fugiam da grave crise econômica que assolava a Europa no período entreguerras. O então ministro da Agricultura da Áustria, Andreas Thaler, trouxe o primeiro grupo de 82 famílias de imigrantes, que chegou à região em 13 de outubro de 1933, quando já percebiam o que o conterrâneo Adolph iria fazer nos próximos anos.

A cidade abriga o único consulado austríaco de Santa Catarina e o único do Brasil localizado numa cidade do interior. Há baixíssimos índices de mortalidade infantil, analfabetismo e desemprego e o padrão de vida é bastante superior à média nacional.

Me desculpe o lado *Google*, meu caro Fioravanti, mas não resisti. A cidade é mesmo uma gracinha.

A começar pela mocinha da recepção[27] do hotel, quando eu cheguei.

– Tem um apartamento?

Achei que ela iria responder em alemão. Mas foi em português, e com um sorriso.

– Claro. O senhor é representante?

Não entendi, olhei para ela e brinquei:

– É melhor dizer que sou ou que não sou?

Ela riu e deu o preço da diária com café da manhã.

– Quarenta e cinco reais.

E percebeu que eu me assustei com o preço.

– Mas posso fazer por quarenta para o senhor.

Eu mesmo deixei o carro na garagem com a Nossa Senhora de Lourdes dormindo sossegadamente no porta-malas.

Eu dizia do *Jornal Nacional*. Chovia em todo o oeste de Santa Catarina e na região de Misiones, na Argentina, por onde pretendia passar no dia seguinte. Era a principal notícia do jornal. A situação estava feia. Muita gente morta, milhares de desabrigados. Você deve

---

27 **Lina Kunis**, uns 25 anos, loira natural, olhos verdes, linda. Europeia completa. Detalhe: roía a unha profissionalmente, coitada. Mas havia estudado flauta doce na Universidade de Música de Viena.

se lembrar. Foi há poucos meses. Teria que mudar a minha rota. Talvez entrasse no Paraguai pelo Paraná. Só que lá teria a aduana, a Receita Federal. Mas não era hora de pensar nisto. Tomei um banho e perguntei para a loira da recepção onde poderia comer.

Ela me indicou o restaurante *Kandlerhof*, na rua de baixo. Colocaram onze pratos típicos e diferentes na minha frente. Fiquei imaginando a conta. Estava tudo ótimo. A comilança custou doze reais, com a água e o café (que era de graça). Áustria ou Brasil?

Centro – 16

O CARA É UM ROMANCISTA, eu pensava, quando a Denise entrou com uma folha na mão.

– Tudo negativo, chefe?

Dei uma olhada de chefe para ela, uma situação difícil de acontecer entre nós. Enfiei os meus olhos nos dela. Ela entendeu.

– Dois assuntos. Quer resolver qual primeiro? O computador do E. R. N. ou a carta de demissão do Darwin?

– Ai, minha caceta!!! Cadê ele?

– Disse que ia para o hotel colocar a cabeça no lugar e tentar tirar a bunda dessa mesma cabeça. Foi mais ou menos isso que ele disse, chorando. Chorando, Fiora.

– E, se bem te conheço, tu também começou a chorar junto com ele.

– Um pouco.

Ficou um silêncio entre nós dois.

Me servi de novo, abri um outro maço de Camel, coloquei mais duas pedras no copo.

– Veja a sacanagem desses obcecados que não querem que ninguém fume. Que querem cuidar da porra da saúde da gente, enquanto ainda tem gente morrendo de fome por aí por milhares de motivos que não têm porra nenhuma a ver com a nicotina. Dá uma olhada nesse simples e singelo maço de cigarros, Denise.

– Tou olhando. Tem um camelo desenhado aí – Virei o maço. – E do outro lado, um pulmão meio podre.

– Aparentemente, um maço normal. Mas não! Olha o que os carinhas fizeram. Antigamente a gente tirava essa tirinha de plástico para abrir o maço deste lado. Agora eles puseram a tirinha do outro lado. Entendeu a sacanagem?

– Não. Que diferença faz, abrir de um lado ou de outro?

– A diferença, Denise, é que quando abria deste lado aqui, a gente não ficava vendo essas fotografias de feto dentro de compota de vidro, entendeu? Aí um gênio qualquer – publicitário, é claro – teve a brilhante ideia de colocar do outro lado, o que nos obriga a abrir o maço olhando para esses moribundos!!! É foda! Pra tirar o selinho, a mesma sacanagem.

– É...

– E quanto ao computador do cidadão?

– Nossa, escreve bem ele, né?

– Não descobriu mais nada?

– Não deu pra saber nada além do IP do computador.

– Ah, o ID. E eu sei que porra é essa de ID?

– IP! I-pê. Todo computador tem um IP. É um número que identifica cada um, entende? Mas daí a chegar em que lugar está esse computador é impossível. Impossível pra mim, é claro. E olha que eu sou boa nisso.

– Não pode ser impossível! Não pode! O homem desce um jipe em Marte, passeia de jipe, fotografa cada buraquinho e não dá para localizar um ID?

– IP, Fiora.

– Se a porra de um GPS consegue me mandar virar à direita a três mil metros, Denise, alguém deve saber como achar um computadorzinho de merda.

– Vou tentar falar com o Jeremias, lá da Federal. Vai ver, hoje eles já têm um jeito. Mas ele deve estar em horário de almoço a essa hora.

– Liga para o celular dele. E, por falar em celular, vê se me acha o Darwin, o puritano.

– Coitado.

Ela já estava na porta quando eu disse, sem desviar a cabeça da tela do computador.

– Deram negativo.

Ela deu uma paradinha, disse *menos mal* e saiu fechando a porta com extrema delicadeza.

Entrei de novo no Outlook. Sabia que o meu amigo iria estar lá, fazendo mulheres como a Denise chorar. Mas não encontrei nenhum novo e-mail dele.

Esse cara tá me envolvendo... Qual é a dele?

Beira-Mar – 17

JEREMIAS[28], O TRISTE, ERA o craque em informática da Polícia Federal de Santa Catarina, e vasculhava o meu *notebook*. Eu olhava pela janela o movimento da avenida Beira-Mar Norte.

– Tá complicado, Fiora.

– Não dá?

– Calma. Cada e-mail dele veio de um computador diferente. Vou seguir aqui. Mas posso quase te garantir que ele manda de *lan houses*.

---

28 **Jeremias Forsyth**, apenas 25 anos, mas havia nascido quase dentro de um computador. Sabia tudo, tudo, tudo. Mexia naquilo com uma rapidez impossível de qualquer um acompanhar. *Estava esperando um aumento para o mês que vem. Esperando um filho pra esperar também. Esperando a festa. Esperando a sorte. Esperando a morte. Esperando o norte.* Esperando a secretária da seção de contrabando, **Mimi**, 40 anos, virgem e gaga, coitada. Você achou que não existiam mais gagos no mundo, não é? Pois tem a Mimi, que é gaga já no nome.

Jeremias fazia misérias diante da tela. Ali ele esquecia a tristeza, esperando a aposentadoria.

– Olha aqui. Quer anotar os endereços das *lan houses*?

– Isso resolve o quê? Essas lojas têm cadastro de quem usa?

– Algumas. Mas esqueça isso. Se o sujeito está tendo o cuidado de mandar cada um de um ponto da ilha – tem um aqui, inclusive, do continente –, é claro que, se ele fez cadastro, deu nome e endereço falsos.

– Merda!

– Tenho aqui todos os endereços, dia e hora que ele agiu. Mas duvido que por esse caminho tu chegue ao teu homem.

– Merda! Rastrear por radar, sei lá, não tem outro esquema?

– Nem o endereço falso do *Hotmail*. O cara usa a mesma técnica dos caras que mandam vírus. Sinto muito. Rastrear por radar, isso não existe, Fiora. Nem em filme americano de espionagem. A nossa chance era, através do número do IP, descobrir onde havia sido comprado. A loja, entende? E ter acesso ao endereço do dono. Desculpa não poder te ajudar. Mas os donos das máquinas são vários.

– Na boa.

– Esse cara tem alguma relação com o sequestro?

Fiora pensou um pouco antes de responder:

– Não, não. Nada a ver. É outro lance. Me parece mais alguém que está querendo uma ajuda, sei lá. Ou pode ser só mais um louco, como muitos que já apareceram aqui na Polícia Federal.

– Que tristeza, né?

Quase não ouvi o que ele disse. Estava pensando no que ele havia dito antes.

– O quê?

– Tu já pensou em falar com o Jarbinhas?

– É o que eu ia fazer agora.

– Pode ser uma boa, levantar o perfil do cara.

E a pergunta do Jeremias batia em algum lugar do meu cérebro: *esse cara tem alguma relação com o sequestro?*

Praia Mole – 18

O JARBINHAS[29] TALVEZ SEJA o policial federal mais velho de toda Santa Catarina. Já está aposentado há vários anos, mas vai à sede da Federal toda tarde. E ajuda a fazer perfil de suspeitos, às vezes com pouquíssimos dados. Craque. Eu havia encaminhado para ele, pelo computador, todos os e-mails do E. R. N.

Nunca conheci ninguém que conheça tanto de literatura policial como ele. Sabe textos imensos de cor e salteado. Um sujeito mais do que agradável, o velho policial.

Agora eu estava na varanda da casa dele, perto da Praia Mole. Ele não precisava me dizer que havia ficado contentíssimo por eu

---

29 **Jarbas Tufik,** quase 80 anos, o popular Jaba. Entendia mais de psicologia do que muitos psicanalistas da ilha. Morava longe do centro, com um neto que estava servindo o exército. Não perdia um jogo do Figueirense. Usava o uniforme e tudo. Chegava a brigar dentro da Federal com colegas avaianos (torcedores do arquirrival Avaí).

ter me lembrado dele. Sabia que eu já havia prendido muita gente do narcotráfico graças aos perfis psicológicos dele, quando ainda trabalhávamos juntos na Federal.

– Meu caro Ugo Fioravanti Neto!

– Diga, mestre Jarbinhas!

– O autor dos e-mails, Fioravanti, é um homem de altura mediana, com cabelos ruivos e uma venda no olho esquerdo. Ele manca levemente do pé direito, tem uma verruga logo abaixo da omoplata e torce pelo Figueirense, apesar de ter nascido em Joinville.

E ambos demos uma grande, farta gargalhada.

– Lembra desse texto?

– Me parece climas e crimes da velha Agatha.

– A velha gata, gozando o Conan Doyle, com Poirot dizendo para o Hastings: M*on ami, o que você quer? Me lança um olhar de devoção canina e me pede um pronunciamento à la Sherlock Holmes.*

– Este é o velho e bom Jarbas Tufik!

E o velho e bom colocou as várias folhas com os e-mails em cima da mesa e retirou uma folha do bolso da camisa. Não mais que uma lauda.

– Pensei que tu fosse me dar trabalho, Fiora. Mas nada. E sabe por quê? Porque o nosso elemento, o E. R. N., é uma pessoa honesta e cristalina. Cristalina!!! Bandeirosamente cristalina.

– Tem certeza?

– Absoluta.

– Mas ele está ameaçando me contar vários crimes, não viu?

Jarbinhas confere algumas anotações no seu papel.

– Pelos textos, o que podemos deduzir?

– Como diria tua amiga Agatha Christie, pelo bigode do monsieur Poirot: *Estamos sendo confrontados com um personagem desconhecido. Ele está no escuro e busca continuar no escuro. Mas, pela natu-*

reza das coisas, ele não consegue deixar de lançar alguma luz sobre ele mesmo. De certa forma, não sabemos nada sobre ele: de certa forma, já sabemos bastante. Posso vê-lo indistintamente tomando forma... um homem que escreve bem e com clareza, que usa um tipo de letra de computador de muito boa qualidade, que tem grande necessidade de expressar a sua personalidade. Eu o vejo, Fioravanti, como uma criança que possivelmente foi ignorada e negligenciada. Posso vê-lo crescendo com uma sensação íntima de inferioridade, lutando contra uma sensação de injustiça. Vejo uma ânsia interna... de autoafirmar-se. De focar atenção em si mesmo para se tornar mais forte, e eventos e circunstâncias... esmagando-o, empilhando, talvez, mais humilhações sobre ele.

– Alguma coisa mais concreta, que não tenha sido escrita pela Agatha Christie?

– De concreto é que, pelo jeito, já começou roubando um carro, e para desovar no Paraguai. Tudo que ele falou é verdade. Ele tem mesmo cinquenta e cinco anos, meio gordo, meio careca e meio baixo e mora num sítio. Não preciso nem comentar fatores edipianos nestes textos, não é? E foi roubado por um contador imbecil, e está com sérios problemas com a Receita Federal. Apesar de não ter feito nada errado, ele sente culpa. Quer ser punido. E procura a ti. Mas não sei se chegaria a fazer um sequestro. Tu tá achando que ele tem alguma relação como o caso da bancária, não é?

– Então duas perguntas. Primeira: baseado em que tu afirma tão categoricamente que ele é honesto? E segunda: por que ele fala que vai cometer vários crimes?

Jarbinhas se levantou.

– Vou pegar umas cervejas. Tá calor demais, Fiora.

– Boa ideia.

Enquanto bebíamos a primeira cerveja, o papo era sobre a próxima temporada de argentinos. Sobre os turistas. *Não existem turistas em Floripa. Existe é um bando de argentinos.*

– Primeiro: quanto à honestidade do nosso querido E. R. N.: é um homem que está sofrendo, Fiora. Seus textos são pedidos de ajuda. Aquilo foi escrito por um filho que sofre e muito. Ele não iria mentir para ti, Fiora.

– Mas por que eu?

– Porque ele pode admirar o teu trabalho e tem uma vaga esperança que tu o ache. Que tu não permita que ele cometa todos os crimes que está começando. Ele está dando dicas, Fiora. Anotei umas aqui.

– Sim, sei a que dicas tu te refere. Não tenho feito quase nada nos últimos dias tentando decifrar o texto dele. Esse sequestro seria um dos crimes?

– Talvez. E digo mais, meu querido Fioravanti. Se foi ele, vai soltar a moça. Ele vai esperar uns dias, aguardar aflitivamente que tu o descubra. Se tu não chegar logo, ele solta a moça. E parte pra outra ação. Talvez uma ação mais ousada.

Bocaiúva – 19

EU ESTAVA NO SAGUÃO do hotel onde o Darwin estava refugiado. Havia interfonado, e o meu companheiro pediu para eu esperar, que já descia. Fiquei vendo os números se acendendo em cima da porta do elevador até chegar ao térreo. Mas não era o Darwin. Era uma garota[30]. *De programa, com certeza*, pensei. Será que o Darwin continuava pesquisando?

Folheei uma *Veja* do ano passado até o Darwin chegar com cara e perfume de quem havia acabado de tomar banho. Aquele rosto que era simpático quando queria e *aquela boca pequena, feita para beijar bebês.*

– Bonitinha a moça.

– Que moça? Tava tirando uma soneca.

Para azar dele, a moça voltou e veio direto na nossa direção.

---

30 **Maria Cristina Percentini**, a **Cricri**, 32 anos, natural de Chapecó, tinha mesmo cara de chapecó.

– Acho que esqueci o meu celular lá em cima.

Darwin não disse nada. Foi para o elevador e subiu. A moça sentou-se ao meu lado, cruzou as pernas e eu vi um útero de ciperales queimadas. Ela ficou tamborilando com a mão esquerda no braço da poltrona.

A matéria antiga que eu estava lendo era sobre aquele deputado que havia construído um castelo e não havia colocado na declaração do imposto de renda. Ocultou um castelo imenso do imposto de renda. Pensei no meu amigo E. R. N. e confesso que fiquei com pena dele. Darwin voltou, deu o celular, ela deu um beijinho nele, dizendo:

– Me liga, Dadá.

E foi embora.

Dadá.

Olhei para o Darwin, que estava olhando para o chão.

– Desculpa a pergunta, mas era trabalho ou diversão?

Darwin demorou para responder. Não insisti. Peguei a *Veja* velha. Aí o Dadá falou:

– Tou viciado em puta, Fiora! Viciado! É a segunda de hoje.

– Sexo faz bem para o coração e o pulmão. Dizem que seca até hemorróidas. Além de abrir o apetite.

– Nem fotografo mais. Só transo.

– E, pelo jeito, mudou até o vocabulário. Só espero que esteja usando camisinha.

– Claro, porra! Já que está com tanta intimidade comigo, tu usa com a Tinha?

Silêncio entre nós dois. Não gostei. Darwin sabia o que eu queria ali, naquele final de tarde. Queria que ele voltasse. E resolveu comprar briga comigo, logo de cara. Eu precisava pegar leve.

– Mais respeito com a Tinha. Ela não é uma garota de programa, caceta! E quem foi que te contou essa barbaridade?

– Basta olhar para os dois quando estão juntos. Porra, Fiora, ela dormindo na tua casa aquele dia.

– E a Til chega amanhã.

– Vais contar para a mãe dela?

– Tou mesmo precisando conversar com alguém sobre isso. Tou apaixonado, Darwin. Feito adolescente, sabe como é?

– Nunca me apaixonei quando era adolescente.

– O mais estranho, e tu sabe muito bem disso, é que eu só gostava de transar com garota de programa.

– Sabe que eu estava pensando nisso esses dias? Tu só transar com esse tipo de garota? Sabes por quê?

– Sei lá.

– Porque puta não discute a relação. Aprendi esses dias.

E era isso. O Darwin acertou na mosca.

– Vamos mudar de assunto. Não foi para isso que eu te procurei.

– Eu sei. E a resposta é não.

– E se eu te tirar do caso do fiofó do príncipe?

Darwin pensou muito tempo. Enquanto ele pensava, eu digeria: *caralho, jogar dois milhões de reais pela janela por causa desse babaca. Babaca que eu adoro, diga-se de passagem.* E o Darwin falou:

– Sair do caso do príncipe, devolver o dinheiro para ele e conversar com a Fabiana.

– Mas a vida de solteiro está tão ruim assim?

– E então?

– Tudo bem. Faço as duas exigências.

– Eu disse três.

– Qual que eu pulei?

– Sei lá. Tu disse que faria duas.

Acendi um cigarro. Veio um funcionário e disse que não podia fumar ali. Dei o cigarro para o funcionário, que pegou e ficou sem saber o que fazer com ele.

– Alguma pista da menina, aquela?

– Eu não diria pista. Merda, não se pode fumar em mais nenhum lugar. Pista eu não tenho. Mas tenho uma desconfiança. Aquele doido que anda me mandando uns e-mails falando da mãe dele. Queria que tu desse uma boa lida no material. Mais uma vez a velha intuição de policial. Temos que ver um jeito de juntar A com B.

Pequena pausa.

– Vamos lá hoje de noite.

– Onde?

– Na tua casa. Ou na casa da Fabiana, se tu preferir.

– Você vai sozinho. Não quero levar bordoada. Você faz os meus três pedidos?

– O que era mesmo?

Ipauaçu – 20

SAÍ DE TREZE TÍLIAS pela manhã. Antes de chegar a Xanxerê, já com quatrocentos quilômetros rodados, algumas vezes tive vontade de largar o carro numa estradinha qualquer. Estava cheio de culpa. Se você alguma vez estudou em colégio de padres, entende esse negócio de culpa. É uma merda que fica para o resto da vida, como se estivesse cimentada nos nossos pés. Vou morrer com culpa de ter morrido!!!

Eu estava me sentindo um ladrãozinho barato. Um fora da lei. Mas é que eu estava precisando daqueles vinte mil dólares.

Parei de pensar nessas bobagens quando vi a placa da próxima cidadezinha. Ipauaçu. Não sei se você se lembra, Fioravanti, quando começaram, meses atrás, sair nos jornais notícias de discos voadores naquela cidade. Sempre fui fissurado nesse negócio de disco voador. Me deu vontade até de entrar em Ipauaçu e tomar uma cerveja num boteco qualquer. Só para prosear sobre o assunto.

Sem pressa, ninguém dali saberia que o carro era roubado e muito menos que eu levava a Nossa Senhora de Lourdes igualmente roubada no porta-malas.

No centro da cidade devia ter um boteco bom. Foi o que fiz. Achei o centro, encontrei o boteco, entrei, pedi uma Coca normal e puxei conversa. Disse que eu era jornalista do *Diário Catarinense*. Ninguém pediu documentos, e o dono do boteco[31] disse para o rapaz[32] atrás do balcão:

– Totico, liga para o Gerva[33], a dona Ana[34], o Wilso[35] e o Pio[36]. Vai, menino! Fala que tem um jornalista aqui querendo falar sobre os discos voadores – e olhou para mim. – Não é esse o assunto, doutor?

---

31 **Teodorico Frazão da Silva**, o **Teo**, 52 anos, na verdade era o cara que tomava conta do boteco. Se a coisa fosse maior ele seria o gerente. Pano de prato no antebraço, cigarrinho de palha na mão esquerda e um insuportável cheiro de cebola. Personagem fácil, quase caricato.

32 **Antonio Marmo da Anunciação**, dito **Totico**, 14 anos, quebra-galho do Teo. Oitava série quase completa, ruivo como um sabugo, um dia *ainda vou morar em Cascavel*, a maior cidade que ele conhece.

33 **Gervásio Napumoceno**, surdo-mudo. Mas enxergava muito bem. Ficava ali balançando a cabeça, confirmando tudo o que diziam.

34 **Donana. Dona Ana Regina Grufich**, 39 anos, gerente de uma loja de produtos agrícolas. Falava pelos cotovelos.

35 O **Wilso** (assim sem n, como ele gostava) **Junqueira**, menos de 30, com aquele vozeirão, só podia ser o locutor da Rádio Club de Ipauaçu. E era. Ele jurava pela mãe que não era coisa terrestre.

36 **Pio Doze Batatais**, uns 60 anos, o agrônomo e possivelmente maior intelectual da comunidade. Carecia de alguns dentes, como convém a intelectuais de cidades pequenas.

Enquanto aquele povo não chegava, o Teodorico, dono do bar, "o melhor de Ipauaçu", ia falando sem parar:

– Imagina o senhor que a nossa população não chega a sete mil pessoas. Sabe quantas pessoas vieram visitar os círculos deixados pelos ETs? Mais de dez mil. Mais de dez mil! Isto aqui ficou uma loucura. Nunca faturei tanto, meu irmão! Totico, traga as fotos, Totico.

– Não precisa, já vi todas lá na redação.

– Deixa as fotos, Totico.

A primeira a chegar e a falar foi a Donana:

– Eram nove e quinze da noite da segunda-feira, dia 10. Eu abri a janela do quarto e vi um disco grande, não sei dizer o tamanho, mas era grande. Muitas luzes vermelhas dentro, tipo um neon, e dois triângulos em cima, com luzes verdes, neon também. Ele girava bem lentamente. Fiquei olhando até umas quinze para a meia-noite.

– Quer dizer que a senhora ficou olhando o disco duas horas e meia?

– Claro! E eu ia perder aquilo? Do disco, saía um círculo, tipo uma sombra, do mesmo formato das marcas que apareceram nas plantações. Eu acredito, não tenho certeza, mas acho que ele estava tipo tentando pousar e não conseguia, e que o círculo aparecia quando tentava pousar. Fiquei espantada, mas curiosa. Chamei os vizinhos, outras pessoas vieram e também viram. Liguei para a rádio da cidade, mas ninguém atendeu.

– Os círculos que apareceram nas plantações eram de que tamanho?

– Tipo vinte metros de diâmetro.

Antes do agrônomo Pio falar, eu notei uma mulher[37] que havia chegado há pouco tempo no bar e ficado no fundo. Tomava uma cerveja

---

37 A **Maria Augusta.** Siga em frente que ela mesma vai contar tudo sobre ela. Menos a idade: 38.

e me olhava. Quer dizer, eu desconfiava que ela estava me olhando. Seria uma policial que estava me seguindo? Pela cara, podia.

Mas o agrônomo desviou a minha atenção:

– Todo mundo está apavorado, com um olho na terra e o outro no céu: os dois círculos são idênticos e apareceram em duas propriedades, uma delas a quinhentos metros do perímetro urbano e outra a cerca de quatro quilômetros. Uma numa plantação de trigo e outra numa de triticale, próximo a uma rodovia.

– Tri o quê?

A mulher do fundo era muito bonita, Fiora. Jeitosa, sabe?

– Triticale. É híbrido de trigo e centeio.

– Claro, claro.

Agora a mulher estava escrevendo no guardanapo de papel. Me olhou e quase sorriu. Eu senti.

Perguntei pelo prefeito da cidade. Estava viajando.

O Wilso foi categórico com a voz toda empolada:

– Pessoa, acho que não poderia ter sido, porque é um negócio muito bem-feito. Não estamos sozinhos no universo! Eu descarto a possibilidade dos círculos terem origem aqui da Terra. Não podemos afirmar com garantia do que se trata, mas uma verdade é certa: aqueles círculos não foram feitos pela mão humana e nem por fenômenos da natureza, atmosféricos ou meteorológicos. Basta ver a maneira como os caules foram dobrados, nas plantações, todos duma única vez, no sentido horário, formando uma espiral e sem vestígios de queimadas ou quebras.

Veio o seu Teodorico com mais uma rodada de cachaça (que eu não estava bebendo, é claro). Ao lado dele, vinha a mulher, aquela do papelzinho que, ao passar por mim, apertou a minha mão e disse:

– Muito prazer. Espero que o senhor faça uma boa matéria.

Enquanto apertava a minha mão, com certa firmeza, senti que ela estava me passando o papelzinho. Ela largou a minha mão, eu a fechei e levei o provável bilhete para o bolso.

Os ufólogos locais começaram uma discussão sobre o tamanho exato dos círculos e eu fui fazer xixi. Ou melhor, ler o bilhetinho. Aquele rosto bonito, forte e rude de camponesa, mas ao mesmo tempo inteligente, merecia o meu maior respeito. E estava escrito, sem nenhum erro de português e com uma letra firme e bonita, que eu lia segurando o pingolim:

"Quase na saída da cidade tem um posto Shell. Espero o senhor um quarteirão pra frente, na esquina. Maria Augusta".

Interessante, eu pensei.

Ressacada - 21

NO CAMINHO DO AEROPORTO, estávamos congestionados no aterro. A Til ia chegar bem na hora do jogo do Avaí! Então ali congestiona mesmo!

Eu e a Tinha mantínhamos um certo silêncio, parados ali.

Pior ainda, chovia.

Eu estava adiando não era de hoje uma discussão da relação com ela, você sabe. Mas a mãe ia chegar. A gente teria que tomar uma providência. Nós dois concordávamos num ponto. A mãe dela, a Til, iria ficar sabendo do nosso entrevero por um de nós. De preferência por nós dois juntos.

– Eu te disse que ia dar merda quando a gente foi para a cama pela primeira vez.

– Fiora, tu já disseste isso umas dez vezes nesta semana. Deu merda, deu! E agora a gente tem que resolver. Tem que dar um jeito!

Silêncio de novo. A única vantagem de congestionamento em Florianópolis é que ninguém buzina.

A gente teria que conversar com a Til, mas eu não conseguia parar para pensar em como. Para falar a verdade, a minha cabeça estava no príncipe de Dubai. Tudo bem tirar o Darwin da investigação. A vida dele havia mesmo se tornado um inferno. E ele amava a pentelha da mulher dele. Fazer o quê? Mas eu não podia jogar o caso fora. Dois milhões de reais ainda são dois milhões de reais. Pelo menos para mim.

– Tinha, não que eu queira mudar de assunto, mas gostei do seu jeitão de investigadora no caso da Cynthia, sabia?

– Deus está vendo que tu não quer mudar de assunto. Poupe seus elogios. Vamos nos concentrar na Til.

Eu confesso que, para mim, é meio excitante ela chamar a mãe de Til. Não sei por quê, mas sempre gostei dessas pessoas. Til!

– Posso terminar de falar?

– Daqui a pouco ela vai estar sentada aí no banco de trás, e é melhor a gente saber como contar para ela.

– Por falar nisso, acho melhor ela ficar aqui no banco da frente e tu lá atrás.

– *Mantenha as crianças no banco traseiro*!!! Tu é demais, Fiora!

– Tenho uma proposta para ti.

Ela deu um beijinho no meu rosto e brincou:

– Se for de casamento, eu aceito.

Ignorei a bobagem.

– Queres assumir o Caso da Bunda?

Ela se virou para mim, ia dizer alguma coisa intempestivamente, mas se calou. E ficou pensando enquanto um gaúcho buzinava.

– Tem muito dinheiro na jogada.

– Tou sabendo.

– Se achares a garota, te dou quinhentos mil reais.

Ela continuou com a mesma cara de antes. Não se mexeu. Mas eu já conhecia ela um pouco. Refletia:

– Nossa, gastando meio milhão de reais para não discutir a relação! Tu é mais doido do que eu imaginava.

– Pegar ou largar...

– Dá para comprar um belo apê, né?

Fiz que sim com a cabeça, sabendo que ela iria topar.

– Em que pé está a investigação?

– Zero. Depois que a Til ligou de Paris para a gerente dela, autorizando, o Darwin andou mostrando a foto do príncipe para as meninas da *Black-Tie*. Depois ele fotografou várias meninas dançando seminuas durante duas noites. Nada. A não ser a Fabiana, que expulsou ele de casa quando viu a quantidade de fotos no micro do marido.

– Isso quer dizer que a mulher que o príncipe está procurando não faz mais ponto lá, né?

– Isso. Antes de me procurar, o príncipe passou quase um mês indo lá toda noite. Nada.

Silêncio. Greta, Greta, Gretinha pensa.

– O que é, já aceitou?

– Eu acho que por esse dinheiro eu faria até michê. Nossa, que palavra antiga: *michê*. Isso que dá andar contigo.

Toca o celular da Tinha. Ela atende.

– Til!!! Já desembarcou?

Abri a porta e saí para esticar as pernas. A garoinha havia passado, e eu não queria fumar dentro do carro. Essa geração nova tem bode com cigarro, tu que fuma sabe disso. Nos olham com pena. Outro dia fui levar o Valentim no aeroporto, e do lado de fora, portanto na rua, havia uma placa com um aviso *proibido fumar nas imediações do aeroporto*. Fiquei puto, fui no escritório da Infraero no segundo andar e perguntei para um soldado[38]:

----

38 **Soldado Ranieri**. E basta.

– O senhor pode me informar se imediações é um metro, dez, cinquenta ou dois quilômetros?

– Como?

– É que eu quero fumar lá fora, fora da área das imediações.

O coitado não entendeu nada. Absolutamente nada.

E fiquei ali fora olhando, mas não ouvindo, a minha namorada conversando com a minha ex-namorada e mãe dela. Comecei a pensar se não estava virando um velho tarado. Eu, que só transava com prostituta – a mãe dela era uma quando tivemos um caso -, estava agora apaixonado por uma menina – sim, menina – com quarenta e três anos a menos. Praticamente carreguei no colo. Onde é que eu estava com a cabeça? Mas resistir a uma menina dessa, bonita, inteligente, bem-informada, que adora ficar me ouvindo tocar violino, quem há de?

A Til teria que entender isso, porra. Nenhum de nós forçou nada. Pintou, aconteceu. Ela estava atrás da minha cabeça, eu do corpo dela. Isso, na primeira vez. Mas depois que eu descobri que ela também possuía cabeça e ela percebeu que eu ainda tinha um certo corpo, fodeu. Claro que nem passa pela cabeça dela que eu tomo Viagra. Não que eu seja impotente, mas só por garantia. Mas a Til não ia entender. Acabei o cigarro e voltei para o carro.

– E aí?

– E aí que ela está meio de pilequinho. Voo diurno dá nisso.

– Então é melhor nem tocar no assunto, né?

– Um a zero para ti. Está nos esperando no bar de cima do aeroporto.

E ela me deu um beijo na boca. Longo como o congestionamento, quase eterno como se pudesse ser o último. Mas nós dois sabíamos que estava longe disso ser uma verdade. Beijando, vi no carro ao lado uma senhora[39] mais ou menos da minha idade que olhava meio escandalizada. *Velho tarado!*, estava escrito na cara dela.

Atrás, um paranaense buzinou.

---

39 **Rita de Cássia Helou**, 61 anos, viúva, se dirigindo ao aeroporto para esperar a filha e um outro-futuro-genro. Naquele exato momento, ansiosa por causa do engarrafamento, está tendo uns refluxos gástricos.

Daniela – 22

PRIMEIRO ENTREI EU. O Darwin ficou no meu carro, aguardando os acontecimentos.

Coloquei o pacote em cima da mesa de centro da sala. Fabiana quem falou:

– O que é isso? Um presente dele para ver se eu o perdoo?

Eu não havia pensado naquilo. Mas poderia ser analisado sob esse prisma. Abri o pacote e mostrei os duzentos mil dinares.

– Nossa, o que é isso?

– Isso aí, minha querida Fabiana, foi a causa da expulsão do Darwin daqui.

Ela ficou apreciando o dinheiro, pegou uma nota, admirou, olhou para mim. Ajeitou o imenso corpo numa poltrona onde ela não cabia mais. Ia falar, quando o filho Tomás entrou.

– Oi, Fiora!

– Dá cá um beijo!

Nos beijamos.

– Quando o Valentim chega?

– Dentro de uma semana.

– Oba!

Tomás falou meio baixo, agora olhando para o chão.

– E o papai?

Desmanchei o cabelo dele.

– Seu pai está lá embaixo, dentro do meu carro.

Sem nem olhar para a mãe, ele disparou porta afora. Ouvimos o barulho do elevador.

– Isto aqui é metade do que vale a bunda pra nós. Em reais, um pouquinho mais de um milhão. No total, dois milhões.

Contei toda a história para ela. Ela ouviu em silêncio. Quando menti, dizendo que o Darwin passava dias e noites trancado num quarto de hotel de segunda, ela começou a chorar, a soluçar, a balançar o par de seios monumentais.

– Eu amo aquele filho da puta.

Ouvi o elevador chegando e imaginei a próxima cena que era assim:

Tomás entrando de mãos dadas com o pai. Fabiana, num grande esforço, se levantando. Tomás correndo e a abraçando. Vem se aproximando Darwin, também com lágrimas nos olhos. Abraça os dois. No meio dos dois vejo a carinha amassada do Tomás tentando respirar, mas sorrindo gostoso.

Mais nada a fazer ali, fui embora.

Praia Brava – 23

NO DIA SEGUINTE à chegada da Til, ninguém conseguia conversar com ela. Trabalhou umas dezesseis horas na *Black-Tie* e ainda não havia se refeito do fuso horário.

Mas era sábado, o sol estava maravilhoso, e Tinha, toda decidida, bateu na porta do quarto da mãe e entrou.

– Dia lindíssimo! Começou o verão, Til!

Til, sem abrir os olhos, ainda meio dormindo e nua na cama:

– Que hora é?

– Dez. Quer ir para a praia comigo?

Til lentamente sentou-se na cama.

Tinha deu um beijinho nela e disse:

– Tenho um assunto para conversar contigo.

Til, depois de bocejar:

– Também tenho um.

Gretinha gelou. Não era o assunto do caso com o Fioravanti, o que a Greta queria conversar. Eram informações sobre garotas de programa.

Til repetiu:

– Também tenho um assunto para tratar com você, Gretinha.

Greta gelou mais ainda, mas disfarçou. Claro que não era sobre garotas de programas que a mãe dela queria conversar. Pensando bem, era melhor assim, resolver o assunto de uma vez.

No trajeto para a Praia Brava, nenhuma tocou em assunto nenhum. Til ainda contava muito sobre Paris. Ela não conseguia ficar mais do que dois anos sem passar uns dias por lá. Seu próximo projeto era comprar um apartamento por lá e passar o nosso inverno no verão de lá.

Guarda-sol bem firme no chão, cadeiras na inclinação certa, o barulho do mar num tom propício, as duas já devidamente besuntadas. Uma esperando que a outra começasse.

E foi Til quem iniciou o seu assunto.

– É sobre o Fiora, Greta!

Ia ser difícil aquela conversa.

– Eu já imaginava.

– Quando você for mãe, um dia vai se surpreender dizendo *não sei onde foi que eu errei.*

– Não exagera, Til. Até parece que eu virei uma bandida.

– Quase, minha filha. Quase! O Fiora eu até entendo, compreendo, ele fez isso a vida toda. Mas você é ainda uma menina, Tinha!

Tinha não gostou do tom que a mãe estava começando a usar.

– Até quando, Til? Até quando tu vais olhar para mim como se eu fosse uma criança?

Til sorriu gostoso, deu um beliscãozinho na bochecha da filha.

– Acho que até sempre, Gretinha. Para mim você e o Ugo são ainda as minhas crianças. Filho é bom, mas dura muito. Quem foi que disse isso mesmo?

Sem dizer nada, a Til se levantou, foi até uma barraquinha. Enquanto isso, Tinha deu um mergulho. A água, como sempre, fria daquele lado da ilha. *Devia ter ido para Jurerê.* Voltou para o seu lugar. Til chegava com duas caipirinhas. Sentaram-se.

– Onde estávamos?

– No Fiora, mãe.

– Isso, no tio Fiora. Lembra quando vocês chamavam ele de tio? Ele sempre odiou aquilo.

– Mãe, vamos direto ao assunto?

– Vamos.

Tomou mais um gole gostoso, macio, gelado, como deve ser quando a caipirinha tem pouco açúcar.

– De quem foi a ideia?

Pergunta difícil, dona Tinha.

– Rolou... Sabe como é? Outro dia a gente estava comendo ostra lá no Restinga, quando a conversa foi indo para esse assunto. Foi naturalmente.

– Pois saiba que eu estou muito, mas muito mesmo preocupada com isso! Você vai acabar perdendo o ano na faculdade.

– Imagina, mãe. Uma coisa não tem nada a ver com a outra.

– Tinha, eu não te criei para isso. Para ser assistente de detetive particular!

Aff!!! Então é esse o assunto!!!

Tinha se levantou e deu um beijo na mãe.

– Vou dar outro mergulho e pensar nas suas preocupações.

Til a segurou pelo braço:

– Você tem ideia de quantos tiros o Fiora já levou? Três! Três!

O segundo *três* a Tinha nem ouviu. Já estava entrando de cabeça na água da Praia Brava. Quase se engasgou porque entrou rindo, de boca aberta.

Quando voltou, percebeu que a Til estava na barraquinha de novo. O dia prometia. Til fez sinal para Tinha perguntando se ela também queria mais uma. Queria. *A gente não pode estar muito sóbria para discutir certas coisas*, pensou a moça.

– Seguinte, Til. Em primeiro lugar, não virei assistente de detetive particular. Estou apenas dando uma ajudinha para ele e o Darwin porque a mulher do Darwin fez um escândalo. O cara tava morando num hotel, tás sabendo? E, em segundo lugar, tenho certeza que procurar uma garota não vai fazer com que eu leve três tiros. E o meu assunto contigo, que eu disse que queria falar, é justamente sobre as meninas.

– Tinha, ouça o que eu te digo. Você vai gostar de sair por aí brincando de detetive. É esperar pra ver. E nunca mais vai sair dessa vida.

– Til, uma bundinha de nada... Olha, eu não tenho nada com isso, mas tu tá bebendo muito depressa.

– Tá bem, tá bem. O que você quer saber sobre bundas que eu possa saber mais do que tu?

– Quero saber sobre as donas das bundas. Tu és a mulher que eu conheço que mais entende de garota de programa.

– Sem elogios. O que queres saber?

– Qual é a trajetória de uma garota de programa dos dezoito aos vinte e cinco anos?

– Tem milhares de possibilidades. Pode até ser que já tenha largado a vida – como era o caso dela, Til, mas a filha não sabia -, ou pode até estar presa, ou caída por aí, drogada.

– Então vamos restringir a pergunta. Uma garota maravilhosa em todos os sentidos, que deu certo. No caso, *deu* literalmente.

– Vamos dar um mergulho que eu já tou virando pimentão.

Dentro da água, no limite onde ainda dava pé.

– Olha, a que deu certo mesmo já passou pela fase de cafetão, de ir toda noite à *Black-Tie*.

– Trabalha pela Internet.

– Sim, mas não nesses sites que geralmente estão nas mãos de uns bandidos mentirosos, fotos falsas. É mais provável que ela tenha um Twitter e excelentes contatos com donos – eu disse donos, e não gerentes – dos melhores hotéis da ilha. O tipo de garota que faz, no máximo, um programa por semana. Na maioria das vezes acompanhando ricaços ou altos executivos em viagens para Nova York ou Europa. São discretíssimas. Tem seu próprio apartamento e, possivelmente, um Audi na garagem. Tudo presente, é claro. Pode ser que tenha até um namoradinho firme que nem desconfia de absolutamente nada. Pode ser que um dia se case e largue a vida. Deve ter um diploma. Lá na *Black-Tie*, por exemplo, tem umas quinze garotas que fazem faculdade.

– E onde se pode achar uma dessas maravilhosas deusas?

– Na Internet, sem dúvida nenhuma.

– Tu és um anjo, mãe.

– Mas promete que depois de achar essa garota você volta a ter uma vida normal?

Tinha deu um sorriso gostoso, um beijo na testa suada da mãe.

– Quer ir ao jogo do Figueirense comigo?

Itacorubi - 24

SENTADOS NUM BANCO EM frente ao banco onde Cynthia havia trabalhado, Tinha mostrava, segundo ela mesma, que levava jeito para ser uma investigadora. Sabia, por exemplo, que o carro da amiga havia sido encontrado no estacionamento do CIC[40] com um pneu furado. E que o primeiro telefonema do sequestrador havia sido feito às três e meia da tarde.

A gerente do banco, Claudete[41], havia chorado muito. Descobri ali que a Cynthia era adorada por todos os funcionários e clientes,

---

40 **Centro Integrado de Cultura**, na avenida Beira-Mar, onde se concentram cinema, teatro, academia de letras, Museu da Imagem e do Som, e outras atividades culturais.

41 **Claudete Oliveira Pereira**, uma loira oxigenadíssima, ali pelos 40, com seios ali pelos 20, hirtos e oferecidos. Cafona de dar dó. Aliança na mão esquerda, bem grossa. A aliança, não a mão. Aliás, a mão, um pouquinho.

que era ótima funcionária, que cumpria suas metas com a maior tranquilidade e que ela, a gerente, não imaginava quem poderia ter feito aquilo, uma vez que nem a Cynthia e muito menos a família tinham muito dinheiro. Eram gente humilde.

– Mas não haveria nenhum cliente com quem ela houvesse se desentendido, ou prejudicado? Alguma situação assim?

– Que eu saiba, não.

– O que ela fazia, exatamente, aqui no banco?

– Era Consultora de Serviços Financeiros.

– E isso significa o quê?

– Orientava os clientes para os nossos vários tipos de investimentos e carteiras. Trabalhava tanto aqui como na casa dos clientes. Os mais ocupados eram visitados em casa ou no escritório.

– Tu não te lembra de nenhum cliente que ela tenha feito uma indicação errada, vamos dizer assim?

– Ah, não! Não a Cynthia! Era dedicada, estudava, devorava o caderno de economia do *Estadão*. Perdemos muito com a saída dela.

– Quantos funcionários tem a agência?

– Doze. Contando a senhora que faz o café, a dona Nani[42].

– E quantos clientes?

– Exatamente?

– Por enquanto pode ser por cima.

– Mais ou menos mil e duzentos.

– Seria muito difícil me conseguir o nome de todos os funcionários e os dos clientes?

---

42 **Elisângela Roseana Maldonado.** Cinquenta anos? Talvez. Anda por toda a agência com aquele andar ligeiro dos carteiros de antigamente. Cabeça erguida. Nunca pergunta para ninguém como quer o café. Sabe o gosto de todos. Solteirona, pertence a duas igrejas evangélicas.

– Aí o senhor vai me desculpar. Tem o sigilo bancário. O senhor entende...

– Não, não, eu não quero saber da conta de ninguém. Trabalhei trinta anos na Polícia Federal e sei como é isso. Digamos que eu queira saber apenas se existe um cliente ou uma cliente com as iniciais E. R. N.

Claudete me olhou durante uns dez segundos. Deu umas mexidas no micro. Olhou outros segundos para a Tinha. Olhou para a tela. Eu percebia pelo dedo ágil dela no mouse que estava vendo uma lista no monitor.

– Temos. Um apenas. E eu o conheço muito bem.

– Veja, Claudete, esse sujeito pode ser o sequestrador da Cynthia, percebe?

– Duvido muito. Ele é *gay* demais para sequestrar alguém.

Mas de onde ela tirou que sequestrador não pode ser gay?

Meu pensamento seguinte foi sobre os e-mails do E. R. N. Aquela relação com a mãe dele. Ele nunca falou em esposa ou não esposa. Tudo estava batendo muito fácil. Mas foi a Tinha quem falou:

– Qual é mesmo o endereço dele?

Claudete riu. Eu também.

– Vamos lá, Claudete. Jamais ele vai ficar sabendo onde arrumei o endereço. E, se possível, os telefones também.

– Ai, meu Deus, eu estou suando frio, olha aí. É um bom cliente.

– Tu não vai perder o cliente. A menos que ele seja preso.

Tentando desviar o rumo da conversa para embananar a Claudete, perguntei:

– Há quanto tempo tu não via a Cynthia?

Claudete sentiu um certo alívio, como Fioravanti esperava.

– Mas ela passou aqui ontem.

– Ontem? A que horas?

– Depois do meu horário de almoço. Devia ser o quê, umas três horas? Ela veio tirar o Fundo de Garantia. Disse que ia trocar de carro.

– Ela tirou em dinheiro?

– Não, claro que não. Ela apenas transferiu para a conta dela. Disse que estava pensando em trocar de carro. E disse que ia até o CIC ver um filme numa sessão especial, que começava às quatro horas.

Claudete pegou uma folha de papel que acabava de sair da impressora, dobrou, colocou dentro de um envelope e me deu.

– Eu nunca vi o senhor.

– Nem eu a senhora.

Dei um beijo nela. O tal do E. R. N. devia ser um cliente muito dos mixurucas para ela ir entregando assim.

Ao sair, passando pelo grande saguão, percebi que todas as funcionárias eram bonitas, bem-vestidas, altas e com enormes peitos turbinados. Todas!

– Tem que ter muito peito para trabalhar em banco, né? É difícil entrar num banco hoje em dia e não sair de pau duro!

A Tinha não achou a menor graça.

– Vamos para o CIC.

– Tinha, tu já viste bancária baixinha? – Tinha me olhou meio tendo que concordar. – Não é?

Cynthia havia estado no banco, a gerente Claudete confirmara, às duas e pouco. Portanto, deve ter ficado no CIC até a hora do sequestro.

Sim, a gerente[43] do Matisse, o simpático barzinho meio intelectual, meio de esquerda dentro do CIC, se lembrava dela. Comeu duas empanadas e tomou um suco de laranja. Pagou com cartão

---

43 A **Ângela,** um amor de pessoa.

daquele banco. Estava sozinha, folheou uma revista velha. Não deu gorjeta. Chegou a comentar que o filme que ela queria ver havia sido cancelado. Não percebeu se alguém a estava seguindo.

O carro – um Ford K mais pra velho – estava isolado pela polícia no estacionamento ao lado do CIC, com o pneu dianteiro esquerdo furado. Ou melhor, esvaziado.

– Sabe como aconteceu, Tinha?

– Não faço a menor ideia.

– Mas eu faço. Quando a Cynthia voltou do Matisse e encontrou o carro com o pneu arriado, pensou logo em ir telefonar para o seguro, porque ela jamais seria capaz de trocar aquilo, ainda mais com aquelas unhas imensas e quadradas.

– Como tu sabes das unhas dela?

– Havia umas cinco fotos na sala da mãe dela, não percebeu? Unhas de vagabunda metida a rica, com todo o respeito.

– Ai, que baixaria, Fiora! A menina sequestrada e tu dizendo merda.

– Por pura sorte, um carro estava estacionando bem ao seu lado, com um ou dois rapazes que, logicamente, se ofereceram para o serviço. Estavam os três ali agachados quando um pano úmido e com um cheiro forte foi colocado no nariz da sua amiga, por um deles.

– Tá inventando isso?

– Minha filha, quarenta anos de putaria.

E havia sido exatamente assim, ficariam sabendo depois pela própria boca da sequestrada.

Centro-oeste – 25

VOCÊ DEVE SE LEMBRAR que eu estava no bar de Ipauaçu, no último e-mail, lendo o bilhete da tal da Maria Augusta. Realmente havia um posto de gasolina na saída da cidade e resolvi parar ali por dois motivos: encher o tanque e dar uma geral nos quarteirões vizinhos.

Sim, dava para ver a mulher na esquina da quadra seguinte, debaixo de um guarda-chuva todo colorido. Comprei uma garrafa de água sem gás, três CDs piratas (Ray Conniff, Raul Seixas e Bob Dylan) – já que eu estava mesmo me tornando um marginal, um pirata a mais um a menos, não iria fazer diferença alguma -, paguei tudo e segui em frente.

Fui me aproximando lentamente da subscritada Maria Augusta. Parei ao seu lado, abaixei o vidro do lado direito. Colocou o rosto molhado para dentro e disse, tentando abrir a porta:

– Tá travada.

– O que a senhora quer?

– Em primeiro lugar, sair da chuva. O senhor pode destravar a porta?

Destravei.

Ela entrou, fechou o guarda-chuva, colocou no piso traseiro, espanou os pingos de água da calça Lee, ajeitou um pouco o cabelo, colocou o cinto de segurança e ficou olhando para a frente, como se fosse uma velha amiga a quem eu estava dando uma carona. Fiquei meio sem saber o que fazer. Ela tirou um maço de cigarros da bolsa.

– Incomoda que eu fume?

Claro que eu me incomodava. O carro todo fechado, uma chuva danada lá fora e o painel indicando oito graus e mil metros de altitude. Olhei para ela, já estava com o cigarro na boca e o isqueiro engatilhado. Mas ainda não aceso. Foi ela quem começou a conversa.

– O senhor está indo para onde?

E guardou o cigarro na bolsa.

– Vou fumar quando parar de chover. Eu abro a janela.

– Paraguai. Assunção.

Ela olhou para a frente, depois olhou para mim.

– O senhor conhece a piada do bêbado que entrou num velório que ele não sabia de quem era? Então, o bêbado entrou, deu uma geral, chegou perto do caixão, olhou o defunto e perguntou para alguém: *Morreu de quê*? Alguém sussurrou que havia sido suicídio. O bêbado perguntou tiro? O cara responde: forca. E o bêbado: *é bom também*.

Eu sorri. A moça era simpática. Além de bonita.

– E daí?

– E daí que Assunção é bom também. Mas olha, o senhor já sabe o meu nome, mas eu não sei o seu. Posso te chamar de você?

Disse que sim e dei o meu nome.

– Tu deves estar curioso. Mas primeiro vamos sair da cidade que eu explico tudo.

– Você está fugindo?

– Mais ou menos. Vamos nessa?

Fui nessa. Andamos uns cinco quilômetros, e ninguém dizia nada. Devo te confessar, Fioravanti, que eu comecei a gostar daquilo. Estava com um carro roubado, uma santa roubada, CDs piratas e agora ajudando uma mulher casada a fugir. Ela tinha uma bela duma aliança na mão esquerda. Até que a vida de marginal que eu estava levando apresentava lá suas emoções. Em dois dias estava vivendo umas circunstâncias muito mais interessantes que os trinta anos no Banco do Brasil. Não era nada mau ser marginal. Não era isso que a Receita achava que eu era?

Pois eu estava me transformando, hora a hora, num fora da lei.

Mas não perguntei nada para a Maria Augusta. Só pensava: será que essa mulher tá pensando em ir comigo até o Paraguai?

– Tu vais direto até Assunção? É longe.

– Pensando em dormir em Foz do Iguaçu.

– É bom também.

Ela tirou uma garrafinha de metal do tamanho de um maço de cigarros e deu um gole sem fazer cara feia.

– Quer? Conhaque.

– Obrigado.

– Posso procurar uma música no rádio?

Ficou captando só zumbidos e arranhões no rádio, desistiu.

– Ok. Vou contar a minha história.

Tirou a aliança da mão esquerda, abriu a janela, entrou água e um frio desgraçado e jogou o pedaço de ouro no meio da estrada. E fez uma cara de alívio.

– Acabo de me separar do meu marido. Deixei um bilhete para ele. Ele vai adorar o meu bilhete e o meu desaparecimento. A-do-rar!

Ela fez uma pausa, achei que queria que eu perguntasse o que ela havia escrito no bilhete, mas consegui não perguntar.

– Não sabe o alívio que estou sentindo. Tu és casado?

– Não.

– Divorciado?

– Viúvo. Moro com a minha mãe.

Sabe, Fiora, quando me perguntam essas coisas – principalmente mulheres –, eu prefiro dizer que sou viúvo. Evita todo mundo ficar achando que eu sou solteirão, começam a pensar bobagens porque eu não me casei. Entendeu, né?

Não sei por que comecei a contar intimidades para ela. Daqui a pouco iria dizer que nunca havia estado com uma mulher, sexualmente falando. É verdade, Fioravanti. Desde que o papai morreu eu dediquei toda a minha vida à mamãe.

Não, nem com mulheres de programas eu havia feito sexo. Mas depois eu te explico isso melhor. Mas te adianto que nunca conheci nenhuma que tenha, nem de longe, me feito pensar numa situação assim. A Maria Augusta devia estar pensando que eu era um babaca. E eu era. Estava começando a deixar de ser. Nesta idade morando com a mãe. Eu não devia ter dito isso. Não devia. E piorei:

– É que ela está bem velhinha.

– Sei.

Longo silêncio.

Coloquei um pirata. Estava lá o Ray Conniff tocando *Aquarela do Brasil.* Sem letra. Mas ela começou a cantarolar em cima da orquestra.

– Sabe o que eu acho? Que essa música devia ser o Hino Nacional.

Sorri e perguntei por quê.

– Em primeiro lugar, o Hino Nacional brasileiro só tem duas finalidades: deixar jogador de futebol humilhado e atazanar vestibulando.

Depois de dizer isso e me deixar pensando seriamente no assunto, continuou cantando a plenos pulmões. Fiora, pega aí na internet a letra da *Aquarela do Brasil* e dá uma olhada. Se esse e-mail cair na mão de alguém, você também que está lendo agora, dá uma olhada na letra. Aliás, vou colocar aqui para facilitar. Vê que negócio mais brasileiro. Não sei se está com tempo aí, mas vamos lá. Você é amigo dos caras lá da Federal... Dá um toque para alguém falar com algum senador lá em Brasília. Desculpa tomar o seu tempo, mas vê se a letra não é legal. Devia ser o Hino Nacional.

Brasil!
Meu Brasil brasileiro
Meu mulato inzoneiro
Vou cantar-te nos meus versos
ô Brasil, samba que dá
Bamboleio que faz gingar
ô Brasil, do meu amor
Terra de Nosso Senhor
Brasil! Pra mim! Pra mim, pra mim
ô! abre a cortina do passado
Tira a mãe preta do cerrado
Bota o rei congo no congado
Brasil! Pra mim! Pra mim, pra mim!
Terra boa e gostosa
Da morena sestrosa
De olhar indiferente
O Brasil, samba que dá
bamboleio que faz gingar

O Brasil, do meu amor
Terra de Nosso Senhor
Brasil!, Pra mim, pra mim, pra mim
Ah! esse Brasil lindo e trigueiro
É o meu Brasil brasileiro
Terra de samba e pandeiro
Brasil! Pra mim, pra mim! Brasil!
Brasil! Pra mim, Brasil!, Brasil!

Acho que a letra é mais ou menos assim. Tou cantando agora de memória.

Vou ficando por aqui. Depois te falo mais da Maria Augusta, por quem estou – acho – me apaixonando. Pela primeira vez na vida, Fiora. Juro! Pela minha mãe!

Pântano do Sul – 26

ELA NÃO TINHA NOÇÃO nem de onde estava e nem há quanto tempo, quando acordou no cativeiro. Estava deitada de lado. A primeira coisa que viu foi a enorme frase na parede:

Qual o maior crime: assaltar um banco ou fundar um banco? (Bertold Brecht)

Virou-se lentamente – havia um zunido na sua cabeça – e viu o teto. Muito alto, não havia janelas. Levantou-se. Não estava entendendo absolutamente nada! Parecia um sonho esquisito que logo iria acabar. Mas, se era um sonho era digital, em alta definição.

Abriu uma porta e deu com um banheiro completo, com toalhas brancas. A outra porta, que devia dar para fora, trancada. Triplamente trancada. Ela estava presa. Havia uma televisão. O quarto parecia ser de um motel. A última cena que se lembrava era de estar pagando a conta no Matisse. *Que porra é essa?*

Na sala embaixo do quarto, o homem a tudo via e a tudo ouvia. Ajustou o seu microfone. Observava Cynthia caminhando pelo quarto, acendendo e apagando luzes. Viu quando ela ligou a televisão, rodou por alguns canais, desligou. E teve o primeiro contato com ela. Sua voz era ouvida no quarto com um timbre metálico.

– Boa tarde, Cynthia.

Na sua tela viu que ela se retesou toda e sentou-se na cama.

– Não fique assustada. Nada de mal vai lhe acontecer. A água da geladeira e as frutas não estão envenenadas. Fique tranquila.

Cynthia não se mexia. Agora ela olhava para uma das câmeras no teto. Se estava morrendo de medo, estava disfarçando bem.

– Você pode perguntar o que quiser. Menos onde está, por que está e quem sou eu. Melhor dizendo, por que está eu posso dizer. Por ser bancária e enganar os clientes a mando dos banqueiros. Como é mais difícil encontrar um banqueiro, foi tu mesma.

E ela falou pela primeira vez:

– Tu é meu cliente?

– Às oito horas servirei o jantar. Gosta de camarão? E pode tomar banho tranquilamente porque não tem câmeras no banheiro.

– Isto é um sequestro? Minha família não tem dinheiro.

– Não, minha filha. Vamos chamar isto aqui de hospedagem. Será bem tratada. Gosta de *jazz*?

Desligou microfone. E não colocou *jazz* para ela ouvir e sim *The Best of Paul Anka.*

Agora sim, Cynthia caiu na real, não era sonho e ela não entendia, não atinava com o que estava acontecendo. Passou a dor de cabeça que foi substituída por uma certeza: *estou nas mãos de um louco. Mas por quê? Quem é esse maníaco?*

Logo depois voltou a voz do homem para dizer que ele estava em contato com a família dela. Que ela dissesse que estava tudo bem. E não falasse mais nada, porque ele cortaria a ligação. Ela fez isso. Chorou muito.

Somente uma certeza: ela não podia reclamar da comida. Depois de comer camarão e tomar uma taça de vinho, foi tomar banho. A toalha era branca, grande, felpuda, e suavemente macia.

Ia colocar o roupão, mas teve uma ideia. Ficar nua. Atiçar aquele homem. Ele entraria no quarto e mesmo que estivesse mascarado, Cynthia teria alguma coisa para observar nele. Mas antes de entrar nua no quarto, procurou algum objeto com que pudesse enfrentar o sujeito. Não havia nada. Mas conseguiu desatarraxar uma das torneiras, o que lhe dava uma boa arma. Coube direitinho no bolso do roupão.

Do seu posto de observação, ele viu a moça sair nua do banheiro, jogar o roupão em cima da cama e ligar a televisão no noticiário local. Depois de uma matéria sobre enchentes, ela viu uma reportagem sobre o seu sequestro. Ou ia ver, pois ele mudou de canal. Mas ela voltou ao noticiário e viu a televisão sendo desligada. Ficou deitada. O homem teria que vir ao quarto.

– Cynthia, preciso dizer duas coisinhas. A primeira é que vai ficar sem televisão daqui pra frente. Se se comportar bem, talvez mais tarde coloque um filme para você ver. A segunda: se está querendo me assanhar com a sua nudez, desista disso.

Ela virou de costas, com uma belíssima bunda e aquela estreitíssima marca de biquíni voltada para cima. De sua sala, ele deu um *zoom* com a câmera. A maravilhosa bunda da Cynthia preencheu todo o monitor. Ela começou a se virar de um lado para o outro, deliberadamente tentando enlouquecer o sujeito que a estava vendo, fosse ele quem fosse. Era a única arma que possuía. O que ela não podia imaginar é que ele também já estava nu na sua sala, se masturbando. Gozou muito rapidamente, melecando com esperma o teclado. Deu um sorrizinho quando percebeu a merda. Limpou com um papel higiênico.

Dez minutos depois Cynthia ouviu passos. Percebeu que era alguém subindo uma escada. Os passos se aproximaram. Ela achou que alguém iria entrar no quarto. Ouviu ruído na bandeja giratória. Ela girou. Uma taça de vinho tinto e um cartãozinho: *Tenha uma boa noite!*

Daniela – 27

– PRESTA ATENÇÃO, Fabiana.

– Prestando.

– Vou te dizer exatamente onde eu estava. Lembra daquele grupo onde a gente votou algumas vezes?

– Sei, sei, antes da delegacia e do trevo de Canasvieiras.

– Isso. Eu estava indo dali onde é a escola, para o trevo. Foi quando vi a loira gorda.

– Se é para começar a ofender, pode voltar para o seu hotel.

– Uma loira gorda aí pelos quarenta anos, de braço dado com um rapaz bem sarado, cabelo escovinha. Batendo os olhos assim rápido como eu bati, dava para perceber que não era gente de muita grana. Humildes, sabe?

– Posso saber o que tem a loira gorda com o nosso caso?

– Quando eles estavam bem perto do meu carro, o rapaz falou alguma coisa no ouvido dela. E ela saiu de perto da boca dele, deu uma guinada no pescoço, jogou o cabelo para trás e deu um sorriso,

Fabiana, que nunca mais eu vou esquecer. E eu deixei os dois para trás e muito provavelmente nunca mais na vida vou ver a loira gorda.

– Mas o que tem a ver?

– Fabiana, ali naquela rua, naquele momento eu captei um *flash*, um instante de plena felicidade. A gorda estava feliz. Não sei da vida dela, não sei nada. Mas, naquela hora, ela estava feliz. Exalava felicidade.

E o Darwin acabou de falar e a gorda Fabiana ficou olhando para ele, esperando que a história tivesse continuidade, mas não teria.

– E daí?

– E daí nada, ué. Achei bonito, tou te contando.

Fabiana pensava. Pensava enquanto encarava o marido, deitado, nu, na cama ao seu lado. Ela também estava nua e tinha feito amor. Um sexo depois de quase oito anos. Ela não entendia a história da loira gorda. Talvez o marido que voltava para a sua cama estivesse dizendo que as gordas também são felizes? Mas, se ele estiver pensando isso, sacou a Fabiana, então ele tem um tremendo preconceito contra as gordas.

Ela não entendeu a moral da história. E jamais entenderia.

Darwin sorriu para ela.

– Não é lindo um momento de felicidade?

– O Fiora andou dando maconha para você?

Fabiana ficou em pé em cima da cama. E se atirou em cima do seu homem.

Tomás acordou com o barulho. A impressão que ele teve era que o teto havia desabado. Mas voltou a dormir, feliz com a volta do pai.

Pântano do Sul – 28

A CYNTHIA JÁ ESTAVA HÁ três noites no cativeiro. O homem não falava mais com ela, desde o dia em que ela ficou nua. Isso a preocupava. Não fazia ideia do que poderia acontecer nos próximos dias. Nesse tempo todo, não podia mais ficar pelada, porque o sequestrador aumentava o ar frio. *Talvez ele não quisesse cair em tentação*, contaria depois ao Fioravanti na frente do marido que, a partir daquele momento, começaria a pensar em se separar daquela vagabunda. *Síndrome de Estocolmo é o cacete!!!*, teria dito ele mais tarde.

Acostamento - 29

QUEM ERA AQUELA MULHER? Parecia culta, informada. Bem-vestida, alta, vistosa.

Aí, acabou a música, e ao som de *Besame mucho*, ela me jogou na cara:

– Tu sabes o que é fúlgido, penhor, impávido, florão e lábaro?

Continuei a dirigir. Só sabia o que era lábaro: cria de coelho.

– Viu? Imagina a seleção brasileira perfilada, todo mundo cantando *Aquarela do Brasil*. Eles cantando lá, a gente cantando em casa. Agora o cara fica ouvindo esse hino aí, não consegue cantar, sabe que a tevê tá dando um close nele. Já entra no jogo envergonhado, cabisbaixo, com o moral lá embaixo.

De repente ela esticou o pescoço para perto do vidro:

– Para! Para!

Fui parando, chovia, todo cuidadoso e preocupado com ela.

– O que foi?

– A placa, a placa! Tu não viste?

Enquanto eu dava de ombros, ela pegou o guarda-chuva no banco traseiro, tirou uma máquina fotográfica da bolsa, saiu. Voltou depois, pingando. Colocou a máquina no ponto e me mostrou uma foto da tal placa:

A 300 metros homens roçando no acostamento

Sei que você não vai acreditar, Fiora. Mas anexei a foto. Veja lá. Uns dois quilômetros mais à frente, outra placa:

A 500 metros depressão

Ela disse, dando mais um golinho no seu conhaque:

– Claro!!!

Rimos. Foto também anexada.

Fiora, eu estava adorando aquela companhia. E a curiosidade de saber por que ela estava ali comigo, indo para onde eu ia, aumentava. E ela não dizia nada. Colocou o Raul Seixas. Sabia todas as músicas de cor e salteado, como diria mamãe. E, por falar em mamãe, eu estava começando a ficar desconfiado que ia trair a dona Dirce – é a mamãe, não sei se já havia dito o nome dela. Ela não iria nunca ficar sabendo, é claro. Seria muito doloroso. Sem olhar para o lado, falei:

– Acho melhor a gente dormir em Foz do Iguaçu antes de entrar no Paraguai.

Note que eu disse "a gente". E a palavra "dormir". A reação dela foi a melhor possível.

– Como tu quiseres. Tu já havia dito isso.

Deixa eu explicar melhor, detetive. Quando o papai morreu, como acho que já lhe disse umas três vezes, eu estava com cinco anos. Ficamos eu e mamãe no mundo, como ela gostava – e gosta – de dizer. Com dez anos comecei a trabalhar como Auxiliar de Laboratorista numa empreiteira que estava asfaltando uma estrada vicinal perto da minha cidade lá no interior de São Paulo. Mamãe recebia uma pequena aposentadoria do papai. Recebe até hoje. Mas tenho até vergonha de dizer quanto é. Com dezoito, entrei no Banco do Brasil, e nossa vida melhorou muito. Mamãe, porém, sempre teve problemas de saúde. Eu não podia sair de casa de vez. Fui ficando, ficando. E fiquei. Não ia nem aos bailinhos da A.A.B.B. (Associação Atlética Banco do Brasil). Por outro lado, aquele medo de sair com garotas de programa e trazer alguma doença venérea pra dentro de casa. Já pensou? Me acostumei com a vida casta. Não devo ser muito normal, né?

Depois de vários quilômetros, Ray Conniff, Raul Seixas e Bob Dylan, tocados e cantados – sim, ela cantava em inglês também -, eu não aguentava mais, e perguntei, na bucha:

– Vai me contar a sua história?

Ela manteve a mesma calma que aparentava desde que a vi no bar.

– É que eu não sabia se tu estavas a fim de ouvir choradeiras.

– É muito triste? – Fiquei preocupado com o que viria a seguir.

– O final é feliz. Ou melhor, está sendo feliz.

Percebendo, Fiora? Acho que era um atiçamento dela. Não é?

– A aliança era do meu casamento, é claro. Aquele restaurante ao lado do bar é do meu marido[44]. As terras onde apareceram os "discos voadores" são do meu marido. O melhor restaurante da cidade é do meu marido. A loja de produtos agrícolas, o principal hotel e duas pensões e até o terreno do cemitério são dele, por mais incrível que isso possa parecer.

– É... Esquisito.

– Como se não bastasse, ele é o prefeito da cidade. E foi ele quem inventou essa história dos discos voadores. Para atrair turista, entendeu?

– Ele inventou?

– Quem inventou e cortou os círculos eu não sei. Mas ele acreditou na coisa. De verdade. Fiquei puta, se me permite.

---

44 **Mendes.** Basta saber isto.

– Fique à vontade.

– Claro que resolvi me mandar não por causa disso. Foi a gota d'água, entende? Dois anos sem sexo. Nem sei por que estou contando isso tudo. Pra resumir, fui até o banco em Xanxerê –, não tem banco em Ipuauçu, porque se tivesse seria do Mendes, o já citado marido -, retirei cem mil reais, que estão aqui na minha bolsa. Fui tomar uma cerveja fazendo hora para pegar um ônibus para Cascavel, no Paraná, quando te vi e tive a ideia.

– Tá com cem mil reais aí?

Ela riu.

– Vai me assaltar?

Eu sorri.

– Quando chegar em Foz do Iguaçu faço um enxoval novo. Vou me divertir usando roupas que nunca usei. Tu achas que eu sou doida?

– Mais ou menos como eu.

Rimos, olhando um para o outro com uma cumplicidade incrível. Achei, modestamente, que ela também estava gostando de mim. Mas eu me perguntava: sou quase baixinho, quase careca, quase dentuço, fodido e mal pago, e essa mulher gostosa aí do meu lado? Comecei a achar, pela primeira vez na vida, que algum charme eu devia ter. A placa dizia:

Foz do Iguaçu

10 km

Confesso que tive uma discreta ereçãozinha.

Meu Deus!

Para amainar os sentimentos do baixo-ventre, confessei que não era jornalista. Ela sorriu:

– Isso não muda nada.

Ratones – 30

– QUEM FOI O INTENDENTE Antônio Damasco[45], Darwin?

– Não faço a menor ideia.

– E Tertuliano de Brito Xavier?

– Deve ter sido algum vereador.

– Pois é. Minha rua se chamava Caminho do Rei. Agora se chama rodovia Tertuliano de Brito Xavier.

Pois eu e o Darwin entramos na estrada do Intendente Antonio Damasco, em Ratones, um bairro sem praia, com muitos sítios e pequenas quase fazendas. Era aquele o endereço do E. R. N. que a Claudete havia me dado.

Depois de passar pela milésima lombada, eu já estava irritado.

– Sabe o que é isso, Darwin?

– Isso, o quê?

– Essas lombadas? Cada vez que passo numa eu sinto que estão me chamando de mau motorista, infringidor das leis de trânsito,

---

45 Jamais saberemos de quem se trata.

ignorante, entende? Não existe nada mais subdesenvolvido do que uma lombada. Que número que tá aí?

– 1265. Tem mais uns dois mil metros ainda. Como vamos fazer? Chegar lá e tocar a campainha? O senhor que é o sequestrador?

– Vamos examinar o local primeiro. Acho muito difícil, caso seja ele o nosso homem, a sequestrada estar na casa dele. Seria amador demais.

Darwin deu um tapinha nas minhas costas.

– Mas ele é um amador, Fiora. Pelo menos pelos e-mails. É novo no ramo.

– Já pensei nisso. Por isso que temos que ver tudo com calma. Não vai ter perigo algum. Tá com a tua arma?

– Lubrificadinha. Acho melhor a gente parar por aqui.

Saí da Antônio Damasco.

– Ele não vai atirar em mim, Darwin. Não em mim.

– Vai nessa, vai.

Saí um pouco da estrada o suficiente para ver o delegado Palhares dentro de um fusca velho, debaixo de uma árvore, com mais gente dentro.

– Porra, como é que o Kiko Palhares pode ter descoberto isto aqui?

Parei o carro quase ao lado deles. Mais três paisanos[46] com ele. Todos armados. Dava para sentir de fora. *Será que eles estão mes-*

---

46 O que parecia ser o mais velho era o investigador **Danilo Pereira**, 39, casado, dois filhos, há quinze na corporação. O do meio era outro investigador: **João Arantes**, 28 anos, de Curitiba, há cinco anos na cidade. Solteiro, quase gordinho. O terceiro era um crioulo de cabelo raspado, o **Waldirvilson Pauoliolo**, soldado, 19 anos, grande jogador de futsal. A namorada esperava o primeiro filho.

mo achando que ninguém vai sacar que eles são policiais? Se tem algo indisfarçável é policial. Não adianta, policial já nasce com cara de policial.

Mas eu estava intrigado, pensava enquanto nos aproximávamos deles, porque só eu deveria ter a informação de um certo E. R. N. *O espertinho do Kiko deve ter posto alguém me seguindo.*

Depois dos cumprimentos gerais, o delegado Kiko Palhares me puxou pelo braço e caminhamos um pouco. Mas eu fui o primeiro a falar:

– Posso saber como foi que tu chegou a esse suspeito?

– Fica tranquilo, Fiora, não foi te seguindo até o banco e conversado com a Claudete depois de ti, e sair com o nome e o endereço do nosso querido suspeito.

– Tu conhece a Claudete?

– Fiora, quantos habitantes moram aqui na ilha? Sem contar o continente. Só na ilha.

– Acho que uns cento e oitenta mil, cento e cinquenta.

– Pois é. Eu calculo que fora da temporada devemos ser uns cento e cinquenta.

– Por aí.

– Portanto, isto aqui é uma cidade pequena. Uma província, apesar de ser capital e um dos lugares mais lindos do mundo. Ou o mais – exagerou o delegado.

Ele parou de falar, esperando uma pergunta minha para arrematar brilhantemente em cima de mim. Mas eu apenas levantei o queixo, como quem diz vá em frente. Ele fez sinal com a mão para que eu o seguisse até onde estavam os seus homens e o meu Darwin.

– Fiora, sei que tu és um homem observador. Famoso por causa disso. Então deves ter reparado na aliança na mão esquerda da Claudete.

Fiquei olhando para ele sem falar nada. Ele pegou a mão esquerda de um dos seus homens.

– Era igual a esta, detetive?

Era. Ponto para a polícia. Olhei para o investigador Danilo. Com cara de ser marido da Claudete. Incrível como combinavam. Um feito para o outro.

– Minha vez de perguntar, Fiora. Como tu sabias as iniciais dele?

Não sabia se abria o jogo todo com o delegado. Achei melhor não. Caso o homem que estava naquele sítio não fosse quem a gente procurava, estava entregando meu trunfo para ele.

– Delegado Palhares, digamos que ele tenha me chamado. Que ele é um homem desesperado e está procurando ajuda.

O delegado me estudou. Olhou para o Danilo e me encarou. Com respeito.

– Quem me garante isso?

– É a minha palavra, delegado. E não quero tirar de ti nem da polícia o mérito da prisão. Mas eu peço apenas uma coisa. Me deixe tentar falar com ele antes.

Ficou um silêncio quase longo, com aqueles homens todos se entreolhando. O delegado quem falou:

– Tu está armado?

E foi o Darwin quem respondeu, fazendo cara de facínora amador:

– Estamos!

Novo silêncio.

Foz do Iguaçu – 31

EU ESTIVE RELENDO os e-mails anteriores, Fiora, e comecei a pensar no que ando escrevendo. Comecei a entrar em contato com você para confessar meus crimes. De repente, antes mesmo de contar os crimes mais pesados, percebo que estou quase fazendo uma confissão de vida, contando intimidades para você. Pode ser, inclusive, que já tenha parado de ler meus textos há algum tempo.

Mas me deixe explicar. Não tenho nem amigos e nem amigas, como você já percebeu. E andam acontecendo coisas comigo que eu não tenho para quem contar, com quem desabafar, percebe? A Maria Augusta, por exemplo. Eu poderia ter pulado toda a parte dela. Ela não foi um dos meus crimes. Muito pelo contrário. Ela não foi nenhuma transgressão moral ou ética, socialmente rejeitada. Ela foi – e continua sendo – o meu amor definitivo.

Não foi a minha primeira paixão, devo admitir. Até então, o único amor por uma mulher – tirando a mamãe, é claro – havia sido pela minha professora do jardim de infância: *Uma moça pálida e de dedos compridos, que me enlouquecia com seu hálito quando pegava as minhas mãos para pôr os dedos sobre o teclado do piano, enquanto em algum lugar impreciso entre os meus joelhos e a barriga crescia um suave desespero. Desde então comecei a sonhar, dormindo e acordado, com a minha professora, a tia Lurdinha, e uma tarde confessei ao meu avô que queria crescer para casar com aquela mulher – ao que o velho respondeu: Também quero*[47].

Depois de fazer amor pela primeira vez na vida – com a Maria Augusta – no Hotel Rafain, em Foz do Iguaçu, eram aqueles dedos finos e aquele mesmo hálito da tia Lurdinha que me acariciavam. Não pense você, detetive, que por ter sido a minha primeira vez, me embananei todo. Não! Eu não tinha a prática, mas assinava em casa – com senha, é claro – o canal Sexy Hot, que você deve saber do que se trata. Pobre mamãe, que nunca soube que enquanto dormia e devia ter sonhos edificantes, eu, na sala, prestava as minhas homenagens singelas e quase diárias àquelas anônimas americanas peitudas e desbundadas.

Pouco antes de chegar ao hotel, finzinho da tarde, eu teria que tocar no assunto com ela. Criei coragem e perguntei num repente intempestivo:

– Sobre o quarto, como a gente faz?

– Que quarto?

– O quarto, ué. No hotel.

– Entendi.

---

47 Em itálico, texto do cubano Leonardo Padura Fuentes, em *Ventos de Quaresma* (Companhia das Letras), plagiado por E. R. N. (Nota do Autor).

E ficou quieta. Não sorriu, não fez cara feia, nada. Até que chegamos à recepção. O senhor da recepção[48]:

– Pois não, senhor. Tem reserva?

E foi ela quem falou:

– Viemos para o Simpósio sobre Tiembras Directas, mas não fizemos inscrição. Resolvemos vir em cima da hora.

Da onde foi que ela tirou isto? Depois me mostraria na entrada do hotel uma faixa imensa.

– Não há problema – disse o Baltazar (estava escrito no seu crachá). – Podem fazer a inscrição ali naquela mesa.

Eu não estava entendendo nada. Entendi parte do jogo quando ela disse o meu nome e o dela para o rapaz[49] da Dow AgroSciences:

– Sim, casal.

E ela pagou duzentos reais pela inscrição. E recebemos um crachá com nossos nomes impressos. Senhora eficiência. Eu fiquei calado. A Maria Augusta parecia saber o que estava fazendo. E sabia. Depois me explicou. A diária para casal era de quase quatrocentos reais. Sendo do simpósio, era menos que cem. Estávamos no lucro. Fizemos nosso *check-in*.

– Pode subir, porque antes eu vou passar naquela butique para comprar umas roupas. E na farmácia.

E passou o fino dedo no meu rosto, começando no alto do nariz, deslizando para baixo, passando pelos lábios e chegando ao queixo, onde ela deu um empurrãozinho.

---

48 **Baltazar Torres**, o mais velho funcionário do hotel, beirando os 70. Simpaticíssimo, faz de tudo.

49 Aquele calor danado e o jovem **Eduardo Franco**, 28 anos, de terno e gravata. Além de dois crachás. Apesar de ter dois monitores na sua frente, era meio lento em certos procedimentos.

– Vai tomando banho, que eu já subo.

E sorriu tão gostoso, Fiora, mas tão gostoso, que tive minha segunda ereçãozinha. Principalmente porque naquele momento eu a vi de costas, pela primeira vez, caminhando na direção da loja. Nem tudo estava perdido, meu amigo.

Já havia tomado banho quando ela chegou, cheia de sacolas da butique e da farmácia. Combinei de encontrar com ela no bar. Iria descer e esperar lá embaixo. Não queria fazer nada precipitado, está entendendo?

A noite se dividiu em quatro partes. No bar, no restaurante, numa palestra e no quarto.

Sozinho no bar, descobri que o encontro unilateral Brasil-Paraguai era o *Simpósio sobre plantio direto na palha* e umas quinhentas pessoas estavam hospedadas no hotel. Quinhentas pessoas, incluindo umas poucas mulheres, que entendiam de plantação sobre a palha. Nunca soube que se plantava sobre a palha.

Peguei alguns folhetos e tentei entender a história da palha. Num deles falava sobre uma erva daninha chamada de *Corda-de-Viola.* Gostei do nome e me inteirei: *Na estratégia de controle das plantas daninhas, devem estar associados o melhor método e o momento oportuno, antes do período crítico de competição (PCC). A escolha do método deve estar relacionada às condições locais de mão-de-obra e de implementos agrícolas, sempre considerando a análise de custos. Deve-se utilizar, sempre que possível, a associação dos métodos de controle cultural, mecânico e químico.* Então, tá, hein!

Foi quando a Maria Augusta chegou de calça Lee e uma camiseta sem nada por baixo, apesar de não estar mais fazendo tanto calor, onde se podia ver e quase sentir os bicos dos seus seios ainda bastante rijos. Ela pediu duas caipirinhas com pouco açúcar, como eu gostava.

Durante o aperitivo, me explicou melhor a fuga dela. Estava fazendo hora no bar esperando o ônibus para Cascavel, no Paraná. De lá iria para Curitiba. Depois Montevidéu, onde morava uma irmã. Eram seus planos a curto prazo. Mas. como ela já havia me dito, Assunção também era bom. Pelo menos por enquanto.

Ratones – 32

– OK, FIORA. MAS VAMOS ficar espalhado em torno do sítio. Eu na frente, tu – ia apontando para os seus homens – nos fundos e vocês dois um de cada lado. Vamos nos posicionar. Tens certeza do que vais fazer, Fiora?

– Absoluta.

Os quatro homens saíram procurando posições. Cada um a pelo menos cinquenta metros de um lado do sítio.

Acendi mais um Camel. Era o tempo do pessoal se posicionar.

A casa amarela, com um telhado que descia sobre uma varanda larga, ficava a uns trinta metros da estrada do Intendente. Pelos lados, distanciava-se uns cinquenta metros das outras casas. Os homens podiam ficar por ali sem que ninguém de dentro da casa amarela suspeitasse.

Fui caminhando junto com o Darwin. Havia um interfone. O Darwin apertou o interruptor. Nada. Apertou de novo.

– Quem é? – perguntou uma voz grossa e mal-educada.

– Seu amigo Fioravanti.

Imediatamente me arrependi de dizer aquela babaquice.

– Quem???

– Detetive Fioravanti! – falei grosso também.

– Momento.

Ficamos esperando, e o momento começou a ficar longo. Até que ouvimos um tiroteio que veio dos fundos da casa. Não podíamos ver nada dali. Pulamos a cerca e corremos. Antes de chegar ao quintal, os tiros já haviam cessado.

Um dos investigadores, o marido da Claudete, estava deitado no chão, sendo acudido pelos outros dois colegas. Um tiro na perna. E, pelas caretas que estava fazendo, aquilo devia estar doendo. Nas vizinhanças, todos os cachorros do Norte da ilha latiam. Todos.

A poucos metros, o nosso homem, E. R. N., estava deitado de bruços, com um tiro no ombro. O Delegado, mantendo-o no chão com o pé em sua bunda, estava colocando a algema nele.

Corri junto com o Darwin para dentro da casa, que estava com a porta da cozinha aberta. Corremos por todos os cômodos, com cautela policial. A Cynthia não estava ali.

O delegado havia agora sentado o sequestrador no chão, encostado na parede da garagem.

Onde está a moça??? – eu gritei.

Enquanto isso, ao lado, um dos rapazes chamava a ambulância. Pelo jeito, o marido da Claudete não iria morrer.

– É surdo? Não ouviu a pergunta? Onde está a moça?

– Só falo na presença do meu advogado. Bruto!

O delegado chegou bem perto dele.

– Fiora, o rapaz anda vendo muito filme policial pela tevê, tu não achas?

Pegou o cara pelos colarinhos.

– Isso é nos Estados Unidos. Aqui não tem porra nenhuma disso, não. Primeiro a gente bate, depois liga para o advogado. Então? Vai falar antes ou depois das porradas?

– Sei dos meus direitos, bruto!

– Pois então sinta a minha direita.

E deu uma bordoada na orelha do sujeito que ressoou por toda a vizinhança, fazendo até que os cachorros voltassem a latir.

Ele olhou para o Kiko, olhou para mim.

– Como vocês descobriram?

O delegado se afastou e preparou o golpe.

– Agora a esquerda.

Mas o cara foi mais rápido:

– Eu enterrei ela.

Aquilo foi uma punhalada em mim. A Tinha! Eu teria que contar isso para a Tinha. Uma das melhores amigas dela. Morta por aquele babaquinha.

– Onde, seu escroto?

– Moçambique.

O Darwin se aproximou de mim e parecia ter lido tudo que se passava pela minha cabeça.

– Quer que eu ligue?

– Obrigado, Darwin. Eu vou ligar. Mas ainda não. Temos que achar o corpo. Esse escroto pode muito bem estar querendo ganhar tempo. Não sei pra quê, mas vai saber...

Enquanto isso o delegado falava pelo rádio pedindo para uma viatura levar pás, escavadeiras e picaretas para a praia de Moçambique.

– E um saco de defunto.

Praia de Moçambique - 33

– DEZ METROS DEPOIS da entrada para a Costa da Lagoa, entre pra esquerda. Tem uma estradinha de terra.

Isso foi tudo que o ensanguentado disse entre Ratones e a praia de Moçambique, que dá uns dez quilômetros de estrada.

Moçambique é uma praia de sete mil e quinhentos metros metros, totalmente virgem. Uma das mais bonitas das quarenta e duas praias da ilha. Por leis federais, estaduais e municipais, aquilo é uma reserva florestal. Por enquanto.

Saímos do asfalto e caminhamos mais ou menos um quilômetro numa estradinha mínima, estreita, para só um carro, de areia, cheia de altos e baixos. Um cheiro de natureza forte entrava pelas janelas abertas do meu carro. Eu dirigia, ao lado do Darwin. Atrás, o delegado Palhares e o assassino. Para nós, era como se ele não estivesse ali. A conversa girava em torno da rivalidade dos dois times de futebol da cidade. O Avaí e o Figueirense. Atrás de nós, uma camionete de apoio da polícia.

Quando chegamos numa clareira que dava para o mar de ondas fortes e largas, areia clara e um silêncio até estranho, descemos e o filho duma puta fez sinal para que a gente o seguisse entre as árvores. O pessoal com picaretas e pás vinha atrás.

– Aqui.

Kiko pegou o sujeito pelos cabelos.

– Aqui o caralho! Tem até grama aqui.

– Cresceu, ué!

Levou um direto no estômago e outro no queixo. E implorava:

– Cavem, cavem, pelo amor de Deus!

Na segunda pazada, já dava para ver um saco de lixo que um dia havia sido azul. Um forte cheiro invadiu a clareira.

Puxei o Darwin e nos afastamos, enquanto os policiais continuavam o seu trabalho.

Nós dois estávamos segurando um acesso de riso.

– Darwin, tu estás pensando na mesma coisa que eu?

– Naquele paraguaio de Cabo Verde?

E nós dois caímos na risada. O delegado olhou para nós sem entender absolutamente nada. E se aproximou.

– Qual é a graça?

Eu me esforcei para parar de rir.

– Há alguns anos, delegado, da África, fomos até um hotel em Mindelo para prender um suposto *serial killer*, e assim que eu me apresentei como inspetor da Federal, ele contou tudo. Não tinha nada a ver com quem a gente procurava. Confessou que havia matado a mulher em Criciúma há alguns anos, e estava se passando por paraguaio lá na África.

E o Darwin, apontando a cova rasa:

– O senhor pode se preparar para o que ele vai falar. Deve ser o Crime da Psicóloga!

Confirmei.

– Sou capaz de apostar.

– Como é mesmo o nome do cara?

Já sabia de cor desde que havia saído da agência.

– Everaldo Raspante Nogueira[50]. Ele é todo seu, Kiko.

Eu e o Darwin nos afastamos. Não esperamos nem abrirem o saco de lixo. O Crime da Psicóloga, como ficou conhecido no Estado, havia ocorrido há quase um ano. Uma psicóloga de São Paulo, de 24 anos, que estava participando de um congresso no bairro dos Ingleses, havia desaparecido, e suas roupas foram achadas numa praia do sul, muito distante de Moçambique. Nunca se chegou ao assassino. E agora, graças ao nosso querido E. R. N., o verdadeiro, um bostinha confessou o crime sem nem ao menos perguntar do que estava sendo acusado. Se tivesse chamado um advogado... Mas ele não quis, não é mesmo?

O motivo do assassinato era tão fútil que nem merece ser citado aqui.

----

50 **Everaldo Raspante Nogueira**, o homem mais azarado de todo o estado de Santa Catarina.

Foz do Iguaçu - 34

AGORA, JÁ NO RESTAURANTE, junto a quinhentos caras que sabiam plantar na palha, como ela havia se aberto comigo, contei toda a minha história para a Maria Augusta. Tudo, desde a caca com o imposto de renda até a viagem que eu estava fazendo. Em algumas passagens, ela ficava rindo da minha desgraça. Quando terminei, fez um único comentário:

– Quer dizer que estamos viajando num carro roubado?

E deu uma gargalhada. Eu também ri muito.

Ela completou, antes da sobremesa:

– Então devemos agradecer a este seu contador por a gente ter se conhecido.

Eu não havia pensado naquilo. Mas era verdade. Quem diria...

Depois subimos até o quinto andar, onde se realizavam as palestras. No elevador, um fazendeiro[51] contava para outro[52] que havia

---

51 Tudo que sabemos dele é o que estava no crachá: **Pereira**, Cuiabá.

52 E o outro: **Ramírez**, Encarnación.

irrigado tudo e nada dava certo. Eu, muito metido, lembrei dos meus tempos de auxiliar de analista do solo e soltei:

– Antes da irrigação, é bom ver o índice de liquidez do solo e o grau de compactação da terra.

Os dois simposianos ficaram me olhando, pasmados. Um olhou para o outro e balançaram a cabeça, afirmativamente. Maria Augusta também. O elevador se abriu e saímos na frente deles. Mas um deles nos seguiu.

Imagine você, Fioravanti, que ele veio me perguntar se eu não estava a fim de fazer uma palestra sobre liquidez e compactação. Me fiz de humilde, mas quando ele falou que estavam pagando dez mil aos palestrantes, a Maria Augusta aceitou em meu nome. Ele falou com outras pessoas, voltou e me disse que seria no dia seguinte, às dez da manhã.

Depois pegamos todos os folhetos que havia em cima de uma mesa e levamos para o quarto. Eu precisava estudar um pouco de plantio sobre palha. Assunto, por sinal, que a ex-fazendeira Maria Augusta conhecia como gente grande.

Quando entramos no nosso quarto, acendi a luz para ler os panfletos, a Maria Augusta apagou e ficou uma claridade gostosa que vinha da iluminação da piscina, dois andares abaixo.

Me empurrou, caí na cadeira, ela ficou quase nua, em pé.

Com minhas mãos livres e toda a minha falta de jeito, desabotoei a sua blusa e me encontrei diante de duas tetas tépidas e agrestes com dois mamilos parecendo ameixas maduras que despertam inquietos ao primeiro contato com minha língua de réptil amestrado. E me dediquei a mamar, novamente criança, no início de uma viagem às origens da vida e do mundo.

Mas a penetrei suavemente, como se temesse desfolhá-la. Eu, sentado na cadeira; ela, dócil e leve quando eu a agarrava pela cin-

tura e começava a arriá-la pelo pau, como uma bandeira sagrada que necessita de proteção contra a chuva e o crepúsculo. O primeiro grito dela me surpreendeu, arqueada entre as minhas mãos como que ferida por uma bala de prata que partisse seu coração. Mas eu a abraçava com mais força, para sentir sobre o meu púbis a selva negra de seu triângulo insondável. Desci as mãos até as nádegas para percorrer o sulco perfeito que as divide ao meio e deixei o meu dedo guloso percorrer sem pressa, mas sem pausas, desde o ânus até a vulva, transportando umidades quentes, sentindo a grossura estimulante da raiz do meu pênis, rígido e ríspido em seu movimento perfurador, e a suavidade acolchoada de seus lábios carnudos e hábeis, que me chupavam como um pântano implacável. E então deixei meu dedo penetrar entre as pregas do ânus e senti o grito maior que lhe provocava a dupla penetração, que se faz tripla com a língua feroz que tentava calá-la, quando já todos os silêncios são impossíveis porque, abertas as comportas profundas, os rios mais recônditos de seus desejos fluem para a glória terrena resgatada.

Pela janela aberta, as rajadas ressuscitadas do vento da fronteira nos envolveram como um abraço cabal.

– Você vai me matar – foi a frase de amor que eu consegui articular.

– Estou me suicidando – foi o lamento dela, que tremeu indefesa, talvez pela presença do vento, talvez pela certeza física e moral da satisfação consumada.

Maria Augusta apeou, como se levitasse, resgatou a cueca ainda pendurada numa das minhas coxas, limpou as espumas do meu pênis e, ajoelhada em penitência, o engoliu com fome de muitos meses, e fui eu quem gritou, "Ai, caralho, porra", pasmo diante da beleza que existe na prostração da mulher de quem apenas conseguia ver uma cabeça que afirmava e afirmava de novo, com absoluta convic-

ção e um cabelo avermelhado que se abria no meio da cabeça num inesperado repartido.

Meu pênis começou a crescer mais além do possível, do imaginável, inclusive do permissível. E eu senti como me tornei poderoso e animal, dono de todos os meus sentidos, até exercer, como um fiscal, o poder que lhe foi dado, e agarrar com as duas mãos a cabeça da mulher e obrigá-la a ir ao fundo, mais além do fundo, até despejar em sua garganta, prisioneira e condenada, uma ejaculação que senti descer das camadas mais profundas do meu cérebro.

– Você vai me matar!

– Estou me suicidando!

Nos beijamos, moribundos."[53]

Meu amigo, eu estava apaixonado. Juro que não pensei na mamãe. Mentira, é claro. Mas ela jamais poderia ser contra o prazer. E, olha aqui, ó Deus, o prazer não pode ser pecado!!! E não se fala mais nisso. Quase pensei na mamãe.

E fui estudar para ganhar dez mil reais no dia seguinte.

Cá entre nós, a Maria Augusta sabia tudo a respeito do plantio sobre palha. Falei em até dividir o cachê com ela, mas ela foi totalmente contra. Me lembrou que os homens, os fiscais, estavam atrás de mim, que eu precisava de dinheiro.

Até disso eu havia me esquecido no meio de tanto orgasmo al-

---

53 Novamente, texto copiado do livro do cubano Leonardo Padura Fuentes. Toda a cena do quarto. O que, quero crer, mostra a dificuldade do Escobar em tratar as coisas do sexo. Duvido, inclusive, que ele tenha tido toda aquela desenvoltura ao fazer sexo pela primeira vez. Peço desculpas ao Padura Fuentes que sabe que impulso de personagem não tem autor que segura. (Nota do autor.)

cançado.

Sabe o que eu acho? Que você está pensando que eu estou mentindo. Mas eu juro pela mamãe. Agora acreditou, né?

Palhoça - 35

NA NOITE EM QUE SERIA libertada – mas ainda não sabia –, ela acordou com uma imensa tatuagem que cobria uma parte da sua coxa esquerda e subia bunda acima: 20000000. Um número dois e sete zeros. Começava no finalzinho da bunda e ia subindo maliciosamente, quase paralela à divisória da nádega, terminando o último zero entre as duas covinhas nas costas, pouco abaixo da cintura. A tatuagem seria o segundo motivo para o marido ciumento. Ele imaginaria que houve alguma outra coisa na "ceia de despedida" como o homem disse, além da tatuagem. Claro, o sequestrador havia ficado horas ali em cima da bunda da sua mulher. Nenhum homem normal resistiria, pensava ele. *Nenhum!!!*

Quando ela viu a tatuagem, depois de dar um grito que ele chamaria de histérico, correu ao banheiro, tomou um banho, esfregou, esfregou, mas só irritou o local. Voltou para o quarto com os cabelos molhados. Não se preocupou em se vestir com o homem olhando pela câmera. Quando ela ficou pronta, a voz entrou.

– Você vai ficar marcada, menina, pelo tempo suficiente. Como eu fiquei com o seu banco e com vocês, bancárias e banqueiros. Quando eu tinha a sua idade, Cynthia, os bancos eram diferentes, as pessoas que trabalhavam nele eram outras. E o lucro trimestral também era muito, muito honesto e digno. Desde que inventaram que vocês têm que cumprir uma meta, umas cotas mensais, vocês e os donos do banco, pra mim, não passam de um monte de merda. Vocês ficam penduradas no telefone ligando para a gente comprar isso, assinar aquilo, fazer seguros até do caceta a quatro, se me permite. Leia mais uma vez a frase escrita aí na parede, menina. Vocês, com seus peitos estourados e seus saltos altos, falando *rúbrica* e *vou estar aplicando*!!!, são todas manipuladas por mentes criminosas, doentias, que visam o lucro anual de mais de um bilhão de reais. Às minhas custas, gostosa! Quando a sua gerente te sugeriu que colocasse silicone, a ideia não era dela, veio lá da matriz. O que eu estou fazendo não é nada perto do que vocês fazem para os banqueiros ganharem milhões, bilhões!

Pequena pausa e continuou:

– Vocês deixaram uma marca em mim. Nem desconfiam disso. Pra você eu sou um CPF. Mas eu vou acabar sendo preso e você vai se lembrar de toda a merda que fez comigo. E eu vou deixar essa marca cheia de zeros na sua pele. E você voltará a usar seus sapatos pretos de salto bem alto e bico tão fino e longo que ali faltam dedos. Daqui a poucos os rapazes que te trouxeram vão te pegar e deixar no mesmo lugar. No estacionamento do CIC. E, para alegria da polícia e ódio dos banqueiros, você vai levar um cd com a gravação disto que estou falando agora. Quem sabe não seja uma pista para eles?

Quase longa pausa.

– Tenho mais isso pra dizer: você tem um dos mais belos par nádegas desta nossa ilha! Passar bem.

Ela pensou em dizer alguma coisa, mas preferiu ficar calada. Ia mesmo embora e poderia falar algo que fizesse com que ele mudasse de ideia.

Palhoça – 36

NÃO, ELA NÃO SE LEMBRAVA do momento em que alguém fizera a tatuagem nela. Eu estava intrigado com as informações que a Cynthia nos passava. Não batia. Muito estranho aquele sequestro. Mas eu sabia que o número na bunda – que pedi para ver outra vez, longe do marido que ficava perturbado com a cena – era uma pista do bandido, uma dica. Mas que dica? O que significavam vinte milhões? Só uma certeza: não era uma tatuagem definitiva, senti ao passar o dedo. Mas por algum tempo a Cynthia teria que ir para a praia cheia de zeros e zelos.

Estávamos ouvindo mais uma vez a gravação da fala do sequestrador. Quando ele falou nas “belas nádegas”, o marido chutou uma cadeira e saiu da sala batendo a porta. Provavelmente nunca mais voltaria.

Foi o Darwin quem falou:

– Essa tatuagem me confunde.

– Os vinte milhões?

– Quem te disse que são vinte milhões?

– Tá lá. Um dois e sete zeros.

– Andei pensando nisso. Se está pensando em dinheiro, tanto podem ser vinte milhões, como duzentos mil. Se colocar a vírgula dois zeros antes do final. Correto?

Fiora sorri, dá um beijo no Darwin.

– Entendeu agora por que tu não pode ficar fora do jogo, seu filho da puta? Vamos lá fora que eu quero fumar.

Pântano do Sul - 37

OLHANDO PELO MONITOR e vendo que a Claudete ainda dormia no seu cativeiro, cada vez mais ele chegava à conclusão de que fazer um sequestro era uma atividade simples, rápida e eficiente. E fazia com que a tal da gasolina subisse para o seu cérebro. Mas não lhe passava pela cabeça continuar naquele tipo de atividade. Claudete era a segunda e a penúltima das suas vítimas. Ainda havia a Oficiala.

Mas posso ir adiantando que ele não chegou a sequestrar a Oficiala Wildete. Partiria direto para o *gran finale*, a morte do Contador.

Claudete estava nua como ele a havia deixado. Agora ele desligara o monitor e subira para o cativeiro com o vidro de Tatoo Henna cor preta e as agulhas. Até ela acordar, teria muito tempo para fazer o trabalho com toda a tranquilidade e capricho.

21165708. Tatuou.

Era exatamente esse o valor que os homens haviam retirado da sua previdência privada. Duzentos e onze mil, seiscentos e cinquenta e sete reais e oito centavos.

Enquanto trabalhava, pôde notar que a plástica nos seios era de péssima qualidade e que o umbigo era falso. Claudete tinha feito duas cesárias. Só podia ser. Aqueles dois rasgos não podiam ser navalhadas.

Depois, do estúdio, viu quando ela acordou com o rosto virado para a frase do Brecht. Deve ter entendido tudo em segundos, porque a Cynthia devia ter contado muita coisa para ela. Sentiu a bunda coçando. Viu o número. Apesar de estar ainda meio dopada, ainda sem se mexer na cama, já podia ter uma certeza: quem-quer-que-fosse não ia matá-la.

O quem-quer-que-fosse entrou com sua voz diluída por algum aparelho.

– Como vai, dona Claudete?

Ela olhou para os alto-falantes, puxou o lençol e se cobriu. Ao contrário da inquilina anterior do local, era muito pudica. Mas não estava a fim de conversar com quem-quer-que-fosse.

Ele deu as orientações sobre horários de refeições, de ver televisão e tudo mais. Enquanto ele falava, ela se enrolou no lençol branco e foi até a sua bolsa em cima da mesinha. Remexeu tudo. Claro que o celular não estava lá. Mas não era isso que ela estava procurando. Estava procurando os cigarros. E, mais importante ainda, a caixinha de Lexapro 10 mg. Nem os cigarros, nem o isqueiro, nem o celular, e muito menos o remédio.

– Duas observações, minha filha. Primeiro: é proibido fumar no cativeiro. Pode ter certeza que isso só vai lhe fazer bem. Li não sei onde que aquele publicitário teve que parar de fumar quando foi sequestrado, porque não lhe deram essa regalia. Hoje ele agradece. E quanto ao remédio, acho que vou deixar você entrar um pouco em pânico.

Ela fez uma cara de quase pré-choro.

– Nos últimos dois meses vivi num estado permanente de pânico, minha senhora. Até nos meus sonhos o pânico aparecia. Não mata, pode ter certeza. Mas a sensação é péssima. Coração disparado, suor nas mãos, aquela angústia permanente de não saber do que está com medo. E, o pior, a vontade de morrer para sair daquela agonia insuportável. Não se preocupe. Você está sendo monitorada, filmada vinte e quatro horas por dia. Sorria!

Desligou o microfone, deixando apenas as câmeras ligadas.

Saiu de casa, pegou um ônibus, foi até o centro da cidade, ligou para a agência do banco e disse que a gerente não havia ido trabalhar porque estava sequestrada.

Voltou de táxi, foi ao estúdio e perguntou se ela estava com fome ou sede. Ou se queria que a Nani, a funcionária do banco, trouxesse café. E deu uma risadinha sarcasticamente calculada.

Como ela não se manifestava, ele foi para a cozinha preparar jantar para os dois. Ostras ao bafo e ostras gratinadas.

Palhoça - 38

O BANCO AVISOU A polícia. O delegado Palhares chamou o investigador Danilo até a sua sala. Enquanto esperava, telefonou para o detetive Fioravanti. Não que ele precisasse da ajuda de um detetive particular. Longe disto. Mas o Fiora sempre poderia ser útil. Era só colocar um dos seus na cola dele.

Danilo entrou na sala, ainda andando com certa dificuldade.

– Fala, comandante!

– Senta aí, Danilo.

Danilo sentou-se cautelosamente e percebeu que alguma merda estava acontecendo. O delegado estava com cara de tatu acuado.

– Cafezinho?

– Vá direto ao ponto, delegado.

Palhares soltou a frase emendando todas as letras:

– Atuamulherfoisequestradadanilo.

Não foi um som humano, foi um uivo:

– Não!!!

Deu uma porrada com o punho fechado na mesa do chefe, que era coberta por um vidro e que não se quebrou não se sabe por quê.

– Telefonema de um orelhão perto do Mercado para a agência do banco.

– Não, não, não!!! Por que ela, por quê???

Palhares se levantou, foi até a porta, colocou meio corpo para fora e gritou:

– Periquito, traz aquela garrafa de cachaça de Luís Alves. Um pé lá e outro cá!

Voltou, deixando a porta aberta. Não havia nem se sentado ainda quando o Periquito[54] entrou com a garrafa transparente e quase cheia. E três copos.

Mais um enorme NÃO jorrou pela janela afora enquanto o Periquito servia os três copinhos.

---

54 Uma das principais características do brasileiro é saber colocar apelidos. O **Francisco Paolillo**, dito Periquito, 61 anos, era realmente um periquito. Quase aposentado, é um faz-tudo da delegacia. Assovia o dia todo, como convém a um honesto periquito.

Centro - 39

– AGORA NÃO HÁ MAIS dúvida alguma, Darwin. O sequestrador tem uma forte ligação com o banco. E ele sabe que eu já sei disso. Ele está me esperando, Darwin. Mas eu tenho que procurar. É quase um jogo.

– Fiora, quando a gente pensa em alguém ligado a um banco, pensamos quase que somente nos correntistas, né?

Eu adoro quando o Darwin começa a viajar desse jeito. Foi por isso que o roubei da Polícia Federal. Ele não deduz cruamente, como eu. Nem usa a intuição. Ele enumera possibilidades detalhadamente. Ele é prático, direto. Vai a minúcias onde eu levaria horas para chegar, em minutos. Me animei com o comentário dele.

– Siga em frente, Darwin. Solte os seus cachorros.

– Enumerei aqui o entorno de um banco. Primeiro os clientes. Depois os funcionários. Depois vêm os prestadores de serviços, a manutenção terceirizada, como limpeza, por exemplo. Manobristas e, por fim, vizinhos da agência. É um leque amplo.

Fiquei pensando naquele leque todo, mas eu estava cismado era com os clientes. Com um cliente que eu não sabia – ainda – quem era.

– Pensou bem, Darwin. Mas é cliente. É o E. R. N.

– Andei relendo todos os e-mails dele.

– E?

– Tenho medo dele. Ele se mostra tão bonzinho, tão inocente que, de repente, pode explodir. Virar o pior dos assassinos. Só espero que não seja a segunda sequestrada aí, a tal da Claudete.

– Tu acha mesmo? Que esse jeitinho cativante dele pode ser apenas um verniz? E que se trata de um grande filho da puta? Frio que nem uma pedra de gelo?

– Por que não?

Bateram na porta.

– Tá aberta.

Era a Til, com quem eu ainda não havia conversado direito desde que ela tinha voltado de Paris. Colocou só a cara dentro da minha sala.

– Reunião?

– Entra, Til, entra. Estamos apenas tergiversando, como diria Menotti Del Picchia. Aproveita e traz gelo.

Ela saiu de novo para pegar gelo. E o Darwin, metido a entender de português, me cutucou:

– Tu usou a palavra errada.

– Como? Não estou entendendo.

– Tergiversar.

– O que tem?

– Tu disse que a gente estava tergiversando, mas tergiversar significa virar de costas.

– Não senhor. Tergiversar é o mesmo que elucubrar.

– Aí é que tu te engana, Fiora. A gente estava era elucubrando, ou seja, especulando longa e exageradamente sobre algo, como diria Antônio Houaiss.

Entrou a Til.

– O que é? Isto virou a Academia Catarinense de Letras?

– Imortal também faz xixi. Elucubrem e tergiversem sem mim.

E saiu.

A Til pegou os copos, meteu gelo dentro, rolou o uísque.

– Alguma notícia sobre a outra bancária sequestrada?

– Ela não me preocupa. Não vai acontecer nada com ela. Já sabemos quem está fazendo isso. Só falta saber onde ele está.

Til, com ironia:

– Só isso?

Batemos e copos e bebemos.

– Fiora, eu estou esperando, há dias, que você ou a Tinha venham falar comigo. Como nenhum dos dois toma a iniciativa...

Eu não estava preparado para aquela inesperada tergiversação. Ela sempre me pegava de surpresa.

– Tanto eu como ela andamos muito ocupados.

– É, ela anda procurando uma bunda pra cima e pra baixo.

Enquanto pensava numa estratégia diante da ex-namorada e atual sogra, abri a gavetinha de baixo, tirei os exames de HIV e estendi para ela.

Centro – 40

ENQUANTO TOMAVA DOIS macios goles, bateu os olhos nas duas folhas.

Eu disse, quase tatibitate:

– Um problema a menos, não é?

Ela colocou os exames dentro dos envelopes, deu um gole gostoso:

– Eu imagino que, desde o começo, vocês dois, se bem os conheço, estão muito mais preocupados comigo do que com a própria relação, não é?

– Tou falando sério, Til.

Era como se a Til não estivesse me ouvindo. Parecia que as frases entrecortadas dela eram uma só.

– O que me preocupa em tudo isso, Fiora, não é um caso entre vocês. É ela trabalhar com você, trabalhar para você. Se meter no meio de policiais, bandidos, marginais.

Eu tentei falar, mas ela continuou:

– A Tinha, desde pequena, teve uma queda para a marginalidade. Você se lembra muito bem do que ela aprontava na adolescência. Se esqueceu que com catorze anos ela foi de carona até a Bahia atrás de um namoradinho de temporada? Namoradinho, aliás, policial baiano de férias. Isso que me preocupa. Ela viajar demais com tudo isso.

– Escuta, Til.

Mas ela continuava:

– Imagino também, Fiora, que deve até ter se lembrado que, quando eu estava com a idade dela, nós dois tivemos um caso.

– Para falar a verdade...

Ela me cortou de novo e continuou seu pensamento:

– E fomos bem felizes, né? A gente se divertia muito. Tudo era motivo para risada. Tudo!

E a Tinha entrou sem bater e quase recuou quando viu a mãe ali. A Til fez sinal com as duas mãos para ela entrar, se aproximar.

– Olha a coincidência, filha, estávamos falando de você neste exato momento. De vocês. Os dois.

– Mesmo, é?

E a Tinha fez uma cara de pé de moleque. Tudo ficou duro no seu rosto, enrugado. Eu fiquei na minha. As duas se olhavam. Tinha deu um gole no copo da mãe. E eu, inutilmente, tentei mudar de assunto:

– Alguma novidade da bunda, Tinha?

Tinha ameaçou falar. Ficou no ameaço. A Til se levantou, matou o seu uísque, deu um beijo na testa da filha, veio até perto de mim e me disse uma coisa no meu ouvido, bem baixinho, mas eu entendi. Me deu um selinho nos lábios e saiu.

– O que ela disse?

Eu não podia contar aquilo para a Tinha. De maneira alguma.

– Pra ela tudo bem.

– Fiora! Você levou um susto quando ela cochichou.

– Meu anjo, juro, não posso.

– Já te disse que meu anjo é o cacete! Odeio quando você me chama de meu anjo.

– O Bogart chamava todas as mulheres de anjo. Nunca reclamaram.

– Vai, fala!

– Não posso, Tinha.

– Ai, meu saco!

Enchi o meu copo e o da Til que agora era propriedade da filha.

– Vai contar ou não vai?

– Não posso. Te juro.

Ela virou o copo. Virou o rosto, o corpo e caminhou até a porta. Parou e disse sem olhar para trás:

– Quando você puder me contar, me telefona. Mesmo porque tenho umas dicas sobre a bunda. Não a sua, mas a da garota do Príncipe.

Saiu e até deixou a porta aberta.

Por que a Tinha se referiu à minha bunda? Será que ela... Não, ela não pode ter ouvido nada. E eu que havia me esquecido do quanto a Til é esperta. O que ela me falou eu realmente não posso contar para a Tinha. Seria o fim de tudo. E, conhecendo a filha como conhece, a Til sabe que a Tinha não vai sossegar enquanto não souber. Um a zero para a Til, caralho!!

Pântano do Sul – 41

ENQUANTO ISSO, Claudete passava por séria síndrome do pânico no cativeiro. Ele, preocupado, chegou até a procurar o Anafranil que a sua mãe usava, mas estava vencido. Não viu o Lexapro que sabia que ela tomava. Provavelmente ela tomava em sua casa ao acordar. Do outro lado da cidade, seu marido, o investigador Danilo, estava preocupado justamente com isso. Os remédios.

Se ele tivesse certeza que Síndrome do Pânico não matava, teria deixado quieto. Mas pelo monitor ele podia perceber que a mulher estava mal.

Pensou bem e chegou a uma conclusão que era boa para ambas as partes. O que ele queria com ela? Tatuar o número na bunda. Já havia feito isso. Podia soltar a moça e partir para o sequestro da Oficiala da Justiça, a doutora Wildete, o que nunca chegou a se concretizar, como já foi informado. *E, depois, o assassinato do Contador! Aí sim, poderei dormir em paz. Provavelmente na cadeia, é claro, eu sei,* pensou o correntista Escobar Rocha Neto.

Ciudad del Este - 42

NUNCA VI NADA MAIS sujo, porco, obsceno, mais triste, feio e infeliz do que a entrada do Paraguai: a Ciudad del Este. Fiquei com pena daquele povo. Fiquei pensando que fomos nós, os brasileiros, junto com uruguaios e argentinos, financiados e estimulados pelo governo inglês, que destruímos aquele país que, no meio do século 19, era o mais grandioso e culto da América do Sul. Tudo aquilo é muito triste. Já foi lá? É lá a tal da puta que o pariu.

E ali, logo depois de atravessar a imunda e esburacada Ponte da Amizade, o prédio da aduana. Um prédio majestoso e horroroso, de azulejo azul-escuro brilhante. Algumas pessoas dentro das cabines, que parecem um enorme relógio, meio sem ar. Todos com camisas da Receita Federal do Brasil. Os carros passam daqui para lá e vice-versa, sem nenhuma fiscalização. Nenhuma! A dez metros, os fiscais do imposto de renda olham e sorriem para uma *van* que vem lotada de edredons.

Motos, aos milhares, passam com eletrodomésticos, computadores e tudo o que você possa imaginar. Várias motocicletas, ainda sem placa, de cá pra lá, de lá pra cá. Eu olhando aquela sonegação toda e me perguntando: por que eu? Por que eu, caralho?! Por que a Receita Federal cismou comigo? Todos os médicos e dentistas que não dão notas, os restaurantes e bares que jamais te perguntam se quer nota fiscal. Todos eles, meu Deus, estão sonegando. Quantos milhões não são sonegados ali na Ponte da Amizade por minuto? E é o meu saco que coça?

Fiquei olhando para um bando de fiscais que conversavam em pé, ao lado dos carros que passavam. E está escrito em letras enormes no prédio, de uma calçada até a outra: *Receita Federal do Brasil. Aduana da Ponte da Amizade* (veja a foto anexada).

Saímos logo da Ciudad del Este e pegamos a estrada para Assunção. Estrada? Caminhões, motos, carros, carroças paraguaias atravessam aquilo como se estivessem na casa deles.

Depois de ser extorquido pela segunda vez pelos guardas que não pediam os documentos, mas reclamavam que eu só trazia um triângulo (lá tem que ter dois, fique avisado), resolvi voltar para Foz do Iguaçu.

Passamos mais uma vez pela aduana. Nenhuma fiscalização. Como não haveria três dias depois quando eu faria novamente o mesmo percurso. Como não há durante todo o ano.

Telefonei para a minha receptadora em Assunção e perguntei se ela não podia mandar um motorista – o Rodolfo[55] – pegar o carro. E trazer o dinheiro. Podia.

Passamos a tarde transando muito. Entre uma e outra, a Maria Augusta disse que iria para o Paraguai com o motorista que chega-

---

55 **Rodolfo Pérez**, motorista e amante da señora Idalina, 24 anos. Feio como o diabo. Mas a *señora* devia ver coisas nele que a gente não vê.

ria de noite. Ficaria lá um tempo até tudo esfriar para o seu lado. Depois iria para o Uruguai. Ficamos de nos ver em Montevidéu depois que eu acabasse de fazer o que deveria ser feito em Floripa. Era quase certeza que ela também estava apaixonada por mim. Quem diria, né?

Deu tudo certo com o motorista. Acredita que a Maria Augusta chorou quando a gente se despediu?

No dia seguinte peguei a estrada de volta, de ônibus. Eu, vinte mil dólares, dez mil reais e a Nossa Senhora de Lourdes. Devidamente embrulhada, é óbvio.

Havia acertado com a mulher do Paraguai, a señora Idalina, de trazer outro carro, agora o meu, dentro de três dias. Deixei tudo acertado com o Rodolfo e com o Hotel Rafain, em Foz.

Na segunda viagem, também deu tudo certo. Eu agora era dono de dólares (fora o seguro do meu carro, que eu iria receber e doar uma parte para a APAE) para praticar os meus demais crimes. Os mais ou menos cem mil reais bastavam. Para os planos e a fuga.

Como você é esperto, já deve ter percebido que os sequestros foram obras minhas.

Vou ficar sentado esperando você tocar o interfone da minha casa. Até esse dia, Fiora.

O resto eu conto pessoalmente. Tenho certeza que você vai entender tudo.

Elevador - 43

E, DE REPENTE, uma explosão na ponte que liga a ilha ao continente arrebentou toda a fiação elétrica que vinha para a ilha E ficaríamos cinquenta e cinco horas sem luz.

Pois. Nas três primeiras horas do apagão, eu estava dentro de um elevador lá na Polícia Federal junto com a Til e mais ninguém.

O prédio mantinha um gerador, portanto as luzes não se apagaram. Mas o sistema do elevador pifou e levou um tempo para ser ativado novamente.

Tínhamos ido até o terceiro andar pegar a papelada do alvará da boate e do meu escritório. Alguém gritou lá de baixo. Ou foi de cima?

– Tem gente aí?

Rimos. Nos sentimos num banheiro público.

– Tem!!! Sou eu, o Fioravanti.

Eles pediram para manter a calma e que já haviam chamado a manutenção. No máximo em trinta minutos eles dariam um jeito.

Sentamos no chão, frente a frente. O ventilador também não estava funcionando. O calor ia aumentando minuto a minuto. As roupas foram sendo tiradas minuto a minuto. Estava ficando insuportável.

Não que a gente quisesse. Mas morar numa ilha tropical e estar dentro de um elevador, suando, tendo que tirar a roupa, leva a certos descaminhos. Ninguém olhando. E o mais excitante: dentro da Polícia Federal de Santa Catarina! Foi em pé, molhando as paredes espelhadas com o nosso suor. Um sexo escorregadio, folgado, agitado, sem-vergonha, descarado, desavergonhado, com saudades, mordidas e cheiro de mortadela. E só um pouquinho de culpa de ambas as partes.

Depois de acontecer, voltamos a ficar sentados tentando entender o que havia acontecido. Não com o elevador, mas conosco. Afinal ela era mãe da minha namorada. E eu, queiram ou não, era genro dela. Já tinha ouvido dizer que o bom era transar com a cunhada. Com a sogra, nunca. Rimos. Depois sorrimos. De repente, paramos e voltamos a nos olhar. Os dois meio com culpa. Mas só meio.

Nunca tocaríamos naquele assunto. E, para falar a verdade, não tenho a mínima ideia do porquê esta história veio à tona aqui. Ah, sim, os e-mails do cara, aquele.

Fiquei meio de costas para ela e comecei a pensar no E. R. N. Eu estava gostando daquele sujeito. Sei que não era hora para pensar nisso, dentro de um elevador parado, depois de fazer amor com uma ex-namorada – no momento, sogra. Também não sei por quê, a Til ficou meio de costas para mim, pensando em sei lá o quê.

De repente, ali, sem poder ir para lugar algum, eu comecei a achar que o meu caso com a Til iria ser para sempre. Foi quando alguém gritou lá de cima – ou seria lá de baixo?:

– Guenta aí que vai demorar!

Eu estava com todos os e-mails que já havia recebido do E. R. N. A Til sabia do que se tratava, mas não havia lido nenhum. Ofereci. Para matar o tempo, como se fosse uma revistinha de palavras cruzadas.

A Til, sentada no chão do elevador, com as pernas abertas, lendo aqueles e-mails, era uma figura bonita, luminosa, pulcra, devassa, libertina e debochada. O jeitão de quem gostava de viver. Se eu fosse pintor, seria assim que eu iria retratá-la, se conseguisse. Ela lia com atenção. Suava. Uma gota de suor rolou da sua testa, pegou embalo no nariz, ela balançou o rosto e a gota se espatifou numa das páginas.

Ficamos ali mais de duas horas. Quase nus. O calor era insuportável. Ela acabou de ler.

– Acho esse cara o máximo!!! Acho que eu iria me suicidar com ele.

Não comentei que o texto do suicídio era do cubano Padura Fuentes. Foi quando percebi, pela primeira vez, que estava protegendo o E. R. N. da sua safadeza.

– Também gosto dele – foi tudo o que eu disse.

O elevador tremeu. Barulhos na parte de cima e embaixo.

– Fiquem sentados! Fiquem sentados! Estão nos ouvindo? Fiquem sentados.

– Estamos sentados, caralho!!!

Começamos a nos vestir. A civilização nos alçava sãos e salvos.

Parecia que o E. R. N. estaria lá em cima quando a porta do elevador se abrisse. Mas não estava.

Pântano do Sul – 44

COMO VOCÊ AINDA NÃO chegou, continuo com o que eu agora já chamo de minhas memórias. E a de hoje é muito, muito triste. Quando cheguei do Paraguai, depois de quase um dia inteiro viajando de ônibus, estava muito, muito cansado. E caí na cama de roupa e tudo. Era madrugada e nem fui dar um beijinho na mamãe. Acho que dormi umas doze horas.

Quando acordei, entrei no quarto dela ainda bem cedo. Ela estava ainda deitada, com a boca meio aberta. Eu vi que ela estava diferente, não era aquele estado relaxado de sono. Dava pra perceber a rigidez do corpo dela, sabe? Mas a visão que me matou de dor, nunca vou esquecer, foi o braço fora da cama e a mão de um jeito como quem pede: me ajuda.

Pior é que eu pressenti, havia dormido mal. Senti sede durante a noite, mas tive preguiça de levantar. Se tivesse levantado, teria ouvido ela me chamar ou reconhecido algum barulho estranho. Será que morrer dói?, fico me torturando. Quanto tempo será que ela sofreu? E eu ali, a cinco passos dela. Será que sentiu raiva de mim? Deve ter passado pela cabeça dela, na hora em que ela viu que estava morrendo mesmo, quanto ela fez por mim e que eu não estava ali para salvar a vida dela? Deve ter pensado que eu era o culpado pelo coração dela estourar?

Me deu uma vontade enorme de correr, não exatamente de sair correndo dali. Queria tomar um ritmo, correr compassado, como um atleta. Com o meu corpo alinhado, ereto e em movimento, os pensamentos iriam chegando um a um, organizados. Fantasia maluca de um cara que não corre nem pra pegar ônibus, mas foi o que me passou pela cabeça. A cabeça, aliás, era uma caixa oca, onde de repente algo próximo a um pensamento se chocava com outro. Tudo bem rápido, fugaz, e de novo o vazio. A sensação alternava com outra, como se dentro da cabeça tivesse uma água pressionando, de leve, de forma dolorida e contínua. Dor de ressaca de champanhe. No fundo de tudo, existia um ruído branco que ameaçava me enlouquecer.

Fui até o banheiro, dei comigo no espelho, me deu um calafrio e uma moleza repentina e nem sei como, em segundos fui para a cozinha.

A pia estava cheia com a louça do dia anterior. Lavei tudo, guardei. Enxuguei a pia. Limpei o fogão, areei as bocas de gás. Limpei as portas do armário que estavam encardidas perto do puxador há meses. Aproveitei e passei flanela nos puxadores de metal. Ia secar só os respingos do chão, mas achei melhor jogar água e lavar de uma vez. Do chão pra parede, da parede para as janelas, foi tudo uma sequência natural.

A casa limpa, fiz rapidamente uma lista mental do que teria para fazer no dia. Acho que o esforço do corpo relaxou a mente e eu comecei a pensar de novo. Pagar duas contas, uma inclusive vencida, já com multa de oito por cento. Passar no mercado, que era no caminho da lotérica, comprar carne moída e material de limpeza. Na volta, pegar umas verduras no sacolão.

Calculei o tempo entre contas e compras para voltar até a hora do almoço, mas o silêncio no qual a casa mergulhara tentava me dizer que não haveria almoço. A moça da Natura[56] ligou e pediu que avisasse à minha mãe que a encomenda já havia chegado.

A confusão do que comecei a compreender me jogou prostrado na poltrona em frente à tevê. Minha mãe estava morta para fazer o almoço. Minha mãe estava viva para a moça da Natura.

Pensei no menor velório do mundo: eu e minha mãe na sala imensa, uma morta e seu único vivo. Seguido pela caminhada solitária de um homem na procissão do enterro de sua mãe.

Se morta, minha mãe não iria me ver, nem ouvir, qual seria o sentido dessa homenagem não presenciada por outro alguém?

E foi aí que outro ponto se apresentou na resolução de meu paradoxo. Sem ter minha mãe como testemunha diária de minha vida, a história ficaria sem plateia. Qual o sentido?

Meu peito foi se enchendo como pão molhado. Me deu vontade de dormir, apagar.

Veja, se minha mãe não está, também eu não estou vivo como antes. Se minha única companhia não me vê, então me torno invisível. Sem ela para ouvir minhas bobageiras banais de todo dia, me torno mudo. Terei realmente chegado em casa ao fechar a porta atrás de mim? E se for ilusão e se eu tiver enlouquecido? O que será de mim sem minha mãe? Quer algo mais concreto que uma mãe? Quer algo mais objetivo que as verdades que ela fala e as respostas que dá? É a mãe, na sua certeza inabalável, que torna o mundo verossímil.

E agora a morte era um fato, uma presença. O estranho é que era em mim que a morte estava.

Não consigo escrever mais, Fiora. Outra hora continuo.

---

56 **Terezinha.**

Centro - 45

AS FOTOS ESTAVAM passando, uma a uma, pelos olhos da Tinha. Dezenas de meninas dançando nuas ou seminuas na boate da sua mãe. Darwin tinha pouco, quase nada para informar. Havia falado com poucas garotas.

– Não tive tempo, Tinha. Quando estava pensando em trabalhar para valer, deu aquela merda toda com a Fabiana.

– Fiquei sabendo. Imagino o susto que ela levou.

– Tu pensa que imagina. Pensa. Meu próximo passo era conversar com as meninas da Til, se me desculpa falar assim. Porque o príncipe andou frequentando lá durante um mês, mais ou menos.

– Quer me fazer companhia? Dar uma passada na *Black-Tie*.

– Adoraria, Tinha. Mas não quero apanhar de novo. Não fique preocupada em ir sozinha. Todos os seguranças te conhecem lá.

Darwin deu a última mordida num McDonald's que havia pedido, besuntou o rosto da Tinha com uma beijoca e se mandou.

Tinha, sozinha, navegou muito pelo *Google*. Começou procurando "especialista em ânus", e é claro que só achou uma garota perguntando ao mundo se alguém conhecia um especialista em ânus.

Partiu para proctologista. Isso foi mais fácil. Deu com vários *encontre aqui médico especializado em proctologia, prevenção do câncer de cólon, reto e ânus.*

Não era bem câncer. Ela olhava para a foto original da bunda. Dava para ver nitidamente as pregas. Procurou por "pregas" no *Google* e achou um interessante artigo com um sugestivo título: *Trate seu ânus com respeito.* Assinado pelo doutor Carlos Magno Ambrósio Helder Canadas. Leu e achou que o médico entendia dos fatos anais. Ele era o cara. Ligou e deu a sorte de marcar uma consulta para a manhã seguinte.

O doutor Carlos Magno[57] já era para estar aposentado há muitos anos. Mas *vai ver ele gostava do que fazia*, pensou a Tinha ao se sentar diante dele, num consultório que deveria ter a idade do doutor. Ou mais.

– Problema no reto ou no ânus, minha menina?

Ele era todo encurvado. O nariz e as costas. Poderia fazer o corcunda de Notre Dame sem muito esforço.

– Doutor, é o seguinte. Sou investigadora da polícia e estou precisando de algumas informações sobre um ânus.

– Um??? A polícia está preocupada com *um* ânus?

– Sim, para o senhor ver. E, por falar em ver, mais especificamente este.

---

57 **Carlos Magno Ambrósio Helder Canadas,** tinha mais de 80, com certeza. Provavelmente trabalhava apenas por prazer. Devia ter sido um homem muito bonito. Ainda tinha um certo charme, com uma vasta cabeleira todinha branca, como também as sobrancelhas.

Tirou a foto do envelope e colocou em cima da mesa. O doutor Carlos Magno fez um gesto bastante lento para pegar a foto. Olhou, olhou para a Tinha, voltou a olhar para a foto em questão.

– É um belo exemplar, senhorita Greta. Um belo exemplar.

Levantou-se, foi até um armário, a passos lentos, voltou com uma enorme lupa e colocou-se a observar o belo exemplar.

– O senhor pode me dizer alguma coisa?

– Momento, por favor.

Levantou-se de novo, foi para outro canto, abriu um armário e voltou sem o fechar, quase com pressa. Trazia com uma lanterna. Focou, abaixou o rosto até bem perto da lupa e ficou assim se afastando e se aproximando.

– Plicoma!

– Como?

– Relações anais! Já teve relações anais. Vejo aqui alguns plicomas.

Tinha não sabia o que dizer. Não era essa exatamente a informação que precisava. O médico notou.

– Na verdade, doutor Carlos Magno, não era bem esta a informação que eu procurava.

– O que a senhora quer saber exatamente sobre este magnífico ânus?

– Estou fazendo uma investigação para um príncipe de Dubai. Parece brincadeira, mas o senhor precisa acreditar em mim.

– Minha filha, na minha idade, nada me surpreende. Nada! Absolutamente nada!

– Entendo. Sei que é estranho, porque não sei exatamente o que quero saber. Como o senhor é um especialista no ramo, talvez conversando eu possa descobrir alguma coisa.

– Entendo, entendo. Vamos começar com as pregas. Está bom assim?

Gretinha jamais havia imaginado, em sua vida, um dia ter uma conversa com um velho de oitenta anos, num décimo primeiro andar de um edifício na avenida Rio Branco, enquanto caía uma terrível tempestade lá fora, com o vento sul entortando guarda-chuvas lá embaixo, dizia eu, jamais havia imaginado aquele tipo de conversa. Já estavam nas pregas. Aonde iria acabar aquilo?

– As pregas?

– Sim, minha menina. As pregas, minha filha, dizem muito. Muito! É uma região menosprezada pela ciência, mas é fonte de muitas informações sobre a pessoa.

– Que maravilha! É disso que nós estamos precisando. Informações.

– Venha cá, se aproxime da luz e pegue esta lupa.

Dei a volta, ele iluminou aquela região anônima e eu observei com a lupa.

– Percebe a tonalidade das preguinhas? Em torno do roscofe?

– Como?

– Roscofe, ânus. Qual é a tonalidade? O tom?

– Um pouco rósea. Ou estou enganada?

– Exatamente, minha filha! Exatamente! Com isso já temos uma informação: a origem racial. Podemos descartar os negros e os índios de umas quatro gerações para trás. Eu poderia te afirmar com absoluta certeza que se trata de uma pessoa da raça ariana, filha ou neta de alemães ou algo parecido. Se me permite a brincadeira, eu diria que Hitler ficaria encantado com essa visão. Tu podes confirmar por esses pelinhos quase imperceptíveis aqui onde começa o glúteo propriamente dito. Loiros naturais.

– Interessante.

Voltei para o meu lugar. Ele continuou com a lupa. Achei que ele estava apaixonado – tecnicamente, é obvio – por aquele mero fiofó.

– Que bela fossa isquiorretal! O espaço retroesfinctérico...

– Sei.

– Vejamos agora a idade.

– Dá para saber a idade?

– Perfeitamente. Simples como dois e dois são quatro. Com precisão de ano e até meses. Quando a foto foi tirada?

– Há um ano.

– Minha filha, se observares o caule de um coqueiro, vais perceber que ele é feito de vários módulos, gomos, como se fossem nós de madeira. E, para saber a idade do coqueiro, basta contar esses nós. As pregas, como popularmente são chamadas essas mínimas rugas, que se fecham e abrem quando algo sai ou entra – em alguns casos, não é mesmo? –, com o passar dos anos vão se alargando, na verdade se fundindo umas nas outras. Ou seja, diminuindo de número. Na velhice quase não há mais pregas. A moça aqui, no caso, ao ser fotografada, deveria ter entre vinte e três e vinte e quatro anos. Pouquinho mais, pouquinho menos. O que significa que hoje deve estar com uns vinte e cinco anos, vinte e seis. E te digo mais: gosta de comer pimenta! E, já que a senhorita está tão interessada, tem relações anais, mas não com muita frequência.

Vai entender assim de bunda lá na casa do cacete!, pensou a Tinha, mas apenas disse:

– Fantástico, doutor Carlos Magno! Quanto lhe devo?

– Imagina, moça. Foi um prazer admirar tão bela criação de Deus. Olha, se achar a mocinha e ela não se incomodar, traga-a aqui para eu fazer um exame *in loco*.

Ela saiu, e não teve tempo de ouvir o doutor Carlos Magno sussurrar:

– Eu pago.

Pântano do Sul - 46

A IMAGEM DELA ENTERRADA começou a me impedir de respirar. Tentei tomar fôlego na janela e ali fiquei por um bom tempo. Quando me virei e dei com a sala vazia, constatei que ela continuaria assim, todas as horas e dias dali pra frente. A casa estava condenada à imobilidade. Era ela passando pela casa que dava movimento e sentido a tudo. A sala existia para ela ver tevê. A cozinha acendia bem cedo para o café e dali saía o almoço, o lanche da tarde e o jantar. No domingo ela fazia bolo, e de vez em quando, rolava uma pipoca que se comia na sala, vendo tevê.

Exatamente agora, constato como aqueles barulhos familiares faziam parte da minha vida, da sensação de estar vivo. Da sensação da rotina do dia cumprida nas coisas que a gente faz.

Pela primeira vez percebo que aqueles barulhos que indicavam a ordem do dia. O interruptor da cozinha às seis e meia da manhã, o acendedor do fogão, a água caindo sobre o coador de café. Mais tarde a geladeira abrindo e fechando, a torneira da pia, o alho fritando na panela. Se estivesse na sala, podia ouvir a faca cortando a batata em palito ou raspando a cenoura. Eu ouvia, sem perceber que percebia, mas agora me lembro, quando a roupa ia de molho, quando era escovada nas manchas, quando lavava, quando enxaguava.

Fico pensando o que leva uma mãe a morrer. Quer metáfora mais redonda e bem-acabada que uma mãe que morre do coração? Diferente de outras categorias, mãe morre de sofrimento, e sofre mais com o sofrimento do filho que com o dela. Indescritível essa raça, a das mães! E eu posso dizer que senti na carne esse fenômeno natural. Minha mãe morreu sofrendo por me ver sofrer. Tudo por culpa daquele contador, tá te lembrando dele, né? E aquela raiva, a mão repentinamente crispada, não combinavam com ela. Não era nenhuma santa, era humana, e eu mataria o Contador se pudesse. Por que não? Sim, por que não?

Beira-Mar – 47

NÃO FOI FÁCIL PARA a Tinha achar a tal da Marilei com sua bunda. Mas achou. E sua vida nunca mais seria a mesma.

Primeiro foi o doutor Carlos Magno, que ajudou no perfil anal.

Depois passou a frequentar a *Black-Tie* junto com a sua mãe durante várias noites, mostrando para as meninas as fotos que o Fiora havia feito dos árabes. Nada. Partiu para a Internet pra valer. O universo era muito grande. Segundo sua mãe, a tal da Marilei deveria ser tão poderosa que não devia anunciar nem pela Internet. Mas alguma coisa dizia para a Tinha que ela conseguiria por ali, no monitor.

Quando já estava quase desistindo de ganhar os prometidos quinhentos mil reais, teve um golpe de sorte. Resolveu escrever a palavra "Marilei" e "garota de programa" junto, no *Google*. Apareceram dezenas de garotas de programa, algumas Marília outras Mari, mas nenhuma Marilei.

Resolveu então mudar a pesquisa para "Marilei" e "Florianópolis". Em 0,47 segundos foi informada que havia setecentos e oitenta mil possibilidades. Refinou, acrescentando "garota". Aí já caiu para duzentos mil, incluindo as Marília e Mari, porque computador ainda não deduz. Estava difícil. Teria que escolher outro caminho.

Digitou "já fui prostituta": 5.930 resultados. A pesquisa estava afunilando. Agora escreveu "já fui prostituta" + Floripa. Chegou a apenas três resultados. Nada indicava que a menina não fosse mais garota de programa e que poderia ser uma das três.

A primeira era uma espécie de blog de um rapaz chamado Lucas, e não acrescentava nada.

A segunda era um site de mulher pelada onde você vai clicando, clicando até o cara pedir o teu Visa. Mas era um nível muito baixo para o que a Tinha esperava da tal da Marilei.

Mas o terceiro resultado era muito, muito interessante. Com o título "Já Fui Garota de Programa", uma pessoa que se dizia chamar Marilei, com 25 anos, contava sua vida de programas até seis meses atrás, quando havia conhecido uma sapatona e a sua vida deu uma guinada total.

Tinha entrou no Perfil Completo, e havia uma foto. Poderia ser verdadeira ou não a foto. Era loira e parecia ser natural. Muito, muito bonita.

Pegou o celular, discou para o Fiora, pediu o número do Jeremias da Federal, ligou para ele.

E agora, na sede da Polícia Federal de Santa Catarina, na avenida Beira-Mar, ela e o Jeremias fuçavam o site da ex-garota de programa.

Jeremias virava páginas e mais páginas, e nada dizia. Parou de repente, anotou umas letras, uns números e interfonou para alguém.

– Weider, anota aí um IP.

Disse o IP. Desligou e olhou para a Tinha.

– Dentro de minutos vamos saber onde foi comprado o micro da cidadã aí.

Foi mais fácil do que a Tinha poderia imaginar. Em menos de dez minutos, sabia que a máquina havia sido comprada no Iguatemi.

No Big do Shopping Iguatemi, depois de mostrar a credencial da Polícia Federal, Jeremias e Tinha aguardavam numa pequena sala uma funcionária-gerundete que ia estar providenciado tudo.

Não demorou muito e ela voltou.

– Vou estar imprimindo o nome e endereço.

Saiu de novo e voltou, com tudo impresso.

– Vou estar acompanhando vocês até a porta.

Jeremias pegou, bateu os olhos. Por trás do ombro dele, Tinha sapeava.

Georgina Stumpf, rodovia Tertuliano de Brito Xavier, 156, casa 18. Canasvieiras. Florianópolis. Um *notebook* Sony Vaio VGN-nr20AE.

– A máquina é essa mesmo. Quer que eu vá com você?

– Obrigada, Jeremias. Muito obrigada mesmo! Você é um amor. Sabe onde fica essa rodovia? Ao lado da casa do Fioravanti, acredita? Pode deixar que eu encaro a Georgina sozinha.

Pântano do Sul - 48

SABE O QUÊ, MAMÃE? Devia era ter inventado um detector de sacana, com um modelo especial para contador sacana. Uma calculadora, que apitasse, por exemplo, quando o dedo sujo do Contador iniciasse a soma da quantia que ia roubar de mim. Certa estava a mãe do Contador, a bandida que criou um filho para ser esperto, que é a melhor forma de inteligência.

Lamentava sinceramente.

Não tem mais lugar para gente honesta nesse mundo, meu filho. A vida aplicasse o golpe em mim, que já estou velha, já vi de tudo. Mas tirar a esperança de tudo do meu filho? Roubar dele o dinheiro honesto, isso está me matando.

E estava mesmo, como foi que eu não percebi? Que imbecil que eu fui.

Eu sempre queria dar alegria à minha mãe. Em certos domingos eu a proibia de entrar na cozinha, e a gente ia comer, na opinião dela, a melhor massa da ilha. Descobri um alentejano de que ela gostava e que foi eleito o acompanhante oficial da nossa lasanha de domingo.

Reparava se a colônia de alfazema que ela usava estava acabando e já repunha. Sempre que encontrava o ambulante[58], comprava para ela o conjunto semaninha de panos de prato. Ela resmungava que era desperdício, que já tinha panos de prato demais, mas sempre mantinha um em uso e outro enfeitando o fogão.

E eu compensava, sendo o homem da casa. Fazendo consertos, trocando lâmpadas, ajeitando a pressão da Hydra. A ironia é que eu a via envelhecer com certa velocidade, e tentava poupá-la. Quis colocar uma empregada, ela disse *jamais enquanto eu viver.* O serviço ia ficando pesado para ela, mas nunca deu o braço a torcer. Eu ajudava, na medida do possível, no serviço mais pesado. *Deixa eu cuidar, filho, senão que sentido tem?* Estava com mais de oitenta anos e cuidava de mim e da casa.

Depois que eu levei o golpe do Contador e a Receita cismou que eu era o pior bandido do Brasil, a vida da gente nunca mais foi a mesma. Passei dias reclamando sem parar. Por ela insistir muito, acabei contando toda a história para ela. E contava de novo e outra vez. Só sabia falar disso e ficava vermelho, chegava a gritar. Minha mãe ouvia. Entrava comigo na onda de ódio que me assolava. Meu

---

58 **Seu Abóbora,** como era conhecido na casa do Escobar. Muito mais andarilho do que ambulante. Ele só vendia panos de prato. Escobar ficou conhecendo o seu Abóbora pelo interfone do sítio, quando ouviu do lado de lá, num inusitado sotaque. "Quero sopa quente. Pão com manteiga. E água gelada". Escobar gostou do jeitão dele. Praticamente adotaram o quase maltrapilho que aparecia duas vezes por semana. Deram o nome de Seu Abóbora porque ele tinha uma cor entre o alaranjado e o vermelho. Jamais souberam o nome dele. E nem perguntaram. Tks, Loli.

Deus, como eu não percebi, esse ódio era muito grande para uma velhinha de oitenta anos. Minha história foi envenenando minha mãe, com seus fatos sórdidos e minhas palavras pesadas. Envenenei minha mãe, dia após dia.

Mais uns anos e ela morreria tranquila, resignada com a vida. Minha mãe ia morrer aos oitenta e tantos anos, noventa, num estado morno de felicidade. Mas eu fui estragar tudo. O excesso de sangue bombado matou minha mãe de raiva, do tanto de amor que ela sentia por mim.

Canajurê – 49

EU SENTIA ALGO diferente com a Tinha. Não, não era porque eu ainda não havia lhe dito o que a Til havia me dito no ouvido. Não. E duvido muito que ela desconfiasse que eu e a mãe dela havíamos tido um rápido *flashback* sem compromissos dentro do inferno de um elevador no dia do *blackout*.

Percebia-se claramente que ela estava querendo dizer, falar alguma coisa diferente. Um negócio sério. E não era discutir a relação. Ela rodeava com outras bobagens, falava de coisas outras. Mas eu sabia que não era nada daquilo que ela queria falar. E a Tinha também sabia. E, pela testa franzida da minha mãe na moldura, ela também sabia.

– Tinha, vá ao ponto.

– Direto?

– O mais direto possível.

Era sábado, estávamos sentados na areia, na praia da minha casa, olhando para o continente bem nublado lá na frente.

– Então vamos lá. O mais direto possível: eu me apaixonei por ela! A dona da bunda.

Eu deveria ter levado um choque bem maior do que aquele. Mas já vi quase de tudo na vida. Apenas senti, naquele exato momento, que os meus dias com ela estavam acabando. Eu estava perdendo a Tinha.

Ficou me olhando, esperando que eu falasse. Me levantei e entrei no mar. Eu queria muito ter uns segundinhos para pensar.

Levei muito mais do que segundinhos. Alguns minutos.

E eu achava que, pela primeira vez na vida, estava apaixonado por alguém que não era uma garota de programa! *Porra, eu não posso pensar assim. Não com a Tinha.* Mas eu só pensava em besteiras dentro da água: *claro, com a mãe ex-garota... Meu Deus, eu sou um babaca. Adoro essa menina. Controle seus hormônios, Ugo Fioravanti Neto.*

Voltei, me sentei ao seu lado, acendi um cigarro careta.

– Já apresentei ela para o Príncipe.

Nem perguntei, porque sabia que ela iria embora com ela e com ele, o Príncipe de Dubai! Ela, a Marilei, a bunda da Marilei e o Príncipe de Dubai, com seus dinares cheirando a petróleo cru. E aquele rato do Paisano.

– Não ia perguntar, mas pergunto: com ela e com ele?

Ela sacudiu a cabeça de cima pra baixo, de baixo para cima, várias vezes, lentamente.

Tentei fazer uma piada mas fui muito, muito infeliz:

– Pelo menos vou receber mais um milhão de reais.

O olhar dela me cortou pela metade.

– Tu quer me contar tudo ou só veio dizer tchau?

– Você quer ouvir?

Minha vez de afirmar com a cabeça.

Entramos em casa.

– Vou te contar tudo, desde o começo.

Senti que, na parede, minha mãe levou o ouvido levemente para a frente.

Canajurê – 50

A TINHA CONHECIA o condomínio. Ficava atrás da casa do Fiora. Tocou a campainha e ficou esperando. De repente percebeu que não havia ensaiado nada para dizer para a tal de Georgina/ Marilei. E esta abriu a porta de uma vez, quase com violência.

Não, aquilo não pode ser a dona da bunda da foto que está no bolso da minha calça jeans. Esta mulher baixinha e de cabelos curtinhos e acinzentados[59] *não pode ser a minha Marilei,* pensou a Tinha.

Mas a tal, ao ver a Tinha e depois de dar uma geral nela da cabeça aos pés, deu um sorriso quase feminino:

– Pois não?

A Tinha já ia se afastando.

– Acho que me enganei de casa. Estou procurando outra pessoa. Desculpa. É Georgina, conhece?

---

59 Sim, aquela era a **Georgina Morais e Castro**, 45 anos, cara de quem era responsável pela passeata gay de Florianópolis. Poucos sorrisos e muita ação.

O sorriso da mulher voltou a ser bem masculino.

– Sou eu. Entra!

Aquilo era uma ordem de sargento. E Tinha entrou.

– Senta. Tou tomando um gim. Quer?

Eram dez e meia da manhã.

– Obrigada. Mas deve haver mesmo um engano.

– Não há engano nenhum. Tu estavas atrás da Georgina e encontrou. Quem foi que te mandou aqui? O Cachorrão?

De repente, sentada ali, sem se aconchegar muito, Tinha começou a achar que a sapata era uma rufiona, uma gigolô. E que devia explorar a bunda que ela estava procurando. Pensou isso tudo em menos de três segundos.

– Não, nem conheço. É que entrei num site, e esse site é feito num computador daqui. O endereço é aqui, entende?

Ela estava em pé. Foi na direção da Tinha, segurou o seu queixo e perguntou, entre curiosa e raivosa:

– Tu és tira?

Tinha, apesar de nervosa, até sorriu.

– Imagina!

– Então o que veio fazer aqui? Como descobriu que os sites são feitos aqui? E é melhor não mentir. Vai, abre o jogo, gatinha.

Se ela pegasse na marra, apesar de baixinha, Tinha não ia escapar. Um toco, mas musculosa. Devia ter sido triatleta há uns quinze anos.

Para a dupla ou tripla sorte da auxiliar de detetive, uma porta se abriu e entrou meio ainda dormindo, oscitando, bocejando, a moça[60] que imediatamente Tinha viu que só podia ser a dona da procurada bunda. Aquela sim, tinha um corpo compatível com

---

60 Sim, **Ana Flávia**, 25, dita **Marilei**, um assombro de mulher. Como se dizia antigamente, mulher para quinhentos talheres.

a bunda admirada, entre outros, pelo especialista, doutor Carlos Magno. E era dela a foto no site.

Ela parou quando viu a intrusa, olhou para a Georgina e voltou a olhar para Tinha. Deu um sorriso feminino e foi para a cozinha. E gritou de lá:

– Tem mais leite, não?

Georgina nem ouviu:

– E então, o que quer aqui?

Tinha apontou para a moça debruçada na cozinha, com o corpo quase dentro da geladeira.

– O que tem ela?

– É ela quem eu estou procurando. Qual o nome dela?

– Tá me achando com cara de otária? Tá procurando ela e nem sabe o nome dela? Qual é a tua, hein, gatinha?

Tinha passou pela Georgina num ato corajoso que não imaginava ter. Foi até a cozinha. Georgina foi atrás. Tinha entrou, Georgina se encostou no batente da porta com seu sorrisinho macho-fêmea, trancando uma possível fuga.

Tinha mostrou as duas fotos para a moça, encobrindo, com o seu corpo, a visão de Georgina: a bunda e o Príncipe. A moça pegou rapidamente as duas fotos, colocou no bolso do roupão vermelho. Colocou o indicador no ombro de Tinha, deu uma empurradinha e disse:

– Me espera lá fora. Uma ducha rápida. Quinze minutos. E tu, Georgina, vem comigo.

Tinha foi se sentar numa cadeira perto de uma piscina vazia. De gente, não de água. Era uma bela piscina, num belo condomínio. *Deve dar dinheiro fazer site de garota de programa e depois agenciar,* pensava Tinha.

O que era aquilo? Um casal?

Beira-Mar – 51

DESCULPA, CARA. Disse que não ia escrever mais, mas preciso contar a origem da bronca com as bancárias.

Eu já te disse que estava com uns duzentos mil reais em aplicações. Era o que me restava do dinheiro da invenção do saca-rolhas. E o meu advogado disse que a Receita poderia fazer uma penhora *online* – a última moda federal para mostrar serviço com os pobres como eu – dos meus CDBs. Não contra os milhares e milhares de fraudadores que passavam diariamente pela fronteira com o Paraguai na muito bem denominada Ponte da Amizade.

Em suma, eu teria que tirar o dinheiro do banco e guardar debaixo do colchão, como se fazia antigamente. Cada vez eu me sentia mais ladrão. E o Contador, onde andaria com toda a minha grana? A Receita Federal estava andando e cagando para ele. O bandido era eu. Eu, que poderia ter ficado calado quando descobri o rombo do Contador, mas tive a infeliz ideia de informar ao governo que a minha firma nunca foi inativa. Não vou dizer outra vez que eu sou um idiota. Sempre fui, e prometo não falar mais nisso.

Fui ao banco, expliquei toda a situação para a Cynthia - que ainda não havia se casado e, portanto, ainda trabalhava. Ela ficou meio branca. Se eu tirasse aquele dinheiro, eram pontos a menos para ela. Senti que ela não podia deixar eu subtrair duzentos mil reais do banco. Foi aí que ela me falou da Previdência Privada.

– Se o senhor quiser mesmo tirar o dinheiro, eu não posso fazer nada. Mas nós – ela dizia *nós*, como se fosse também dona do banco – temos uma sugestão. Impenhorável!!!

– Impenhorável? Isso quer dizer que a Receita não pode pegar?

– De jeito nenhum.

Levantou-se, foi até uma estante no fundo da sala, pegou um grosso livro, folheou, folheou, até que achou.

– Veja o senhor mesmo. Código de Processo Civil, artigo 649, alínea VII. Quer que eu leia ou o senhor mesmo lê?

Fiz um sinal com a mão e ela leu:

– *São absolutamente impenhoráveis as pensões, as tenças ou os montepios, percebidos dos cofres públicos, ou de* institutos de previdência (ela realçou) *bem como os provenientes de liberalidade de terceiro, quando destinados ao sustento do devedor ou da sua família.* Viu?

– Quase. O que são tenças?

– Aí o senhor me pegou. O que importa é que o artigo diz que são absolutamente impenhoráveis as previdências. Certo?

– Isso eu entendi. Mas o que são tenças. Sou curioso. Você sabe o que é mirra?

– Como?

– Nada, nada.

Ela se levantou, foi até a mesma estante e voltou com um *Aurélio*. Estava lá:

Tença: *pensão pecuniária, vitalícia ou não, concedida pelo gover-*

no ou por instituição particular a alguém para prover-lhe o sustento. É inalienável e incomunicável.

– Viu?, *pelo governo ou por instituição particular.* O senhor pega os duzentos mil, abre uma previdência e pronto. Assunto resolvido. E rende a mesma coisa. Ou até mais. E o senhor marca uma data, daqui a dez anos, por exemplo, para começar a receber uma quantia por mês. A previdência é como se fosse uma aposentadoria, entende, seu Escobar?

Eu estava folheando o Código. Cheguei à última página. Foi publicado em 11 de janeiro de 1973, no auge da ditadura militar, e era assinado por Emílio Garrastazu Médici e Alfredo Buzaid, respectivamente o ditador de plantão e seu ministro da Justiça. Fiquei ali imaginando todas as barbaridades que deveriam existir naqueles 1.220 artigos, criadas por aquelas mentes doentias, torturadoras e vingativas. Será que o meu dinheirinho seria salvo pelo Médici e pelo Buzaid?

– E tem mais, seu Escobar, o imposto de renda nem fica sabendo dessa previdência.

– Então eu não preciso declarar?

– Não.

Assinei todos os papéis e sai aliviado do banco, agradecendo aos velhos e bons torturadores de um tempo que espero não volte nunca mais.

Um mês depois, ao receber o extrato da minha previdência – já estava com 201.436,19 reais -, descobri que eu, por conta daquele dinheiro, havia recolhido um pouquinho para o imposto de renda. Isso queria dizer que o imposto de renda sabia, sim, da tramoia toda. Liguei para a Cynthia, que não trabalhava mais no banco. Falei com uma tal de Claudete. Ela me tranquilizou. Pelo menos tentou.

Meu advogado quis me matar. Sim, dizia ele, estava no Código.

Estava, ele enfatizou.

– A moça te enrolou. Desculpe a expressão. Não sei se de propósito ou não. Esse código teve muitas modificações de 73 pra cá.

Eu gaguejava:

– Quer dizer que a Receita pode pegar o meu dinheiro?

– Pode. E me desculpa: vai pegar.

Comecei a odiar a Cynthia e as instituições bancárias – onde eu havia trabalhado por trinta anos – naquele momento.

Entrei no site do banco. O meu dinheiro ainda estava lá. Precisava tirar, naquele exato momento. Mas eram cinco da tarde. Sexta-feira. Teria que esperar até segunda. Claro que não dormi durante todo o final de semana. Nem com tantos frontais. Tive febre. A Receita iria agir na calada da noite, na inocência de um fim se semana. Na segunda eu estaria penhorado. Aquilo era tudo que eu tinha, Fiora. Tudo!

Meia hora antes de o banco abrir eu estava lá, de plantão, debaixo da chuva. Entrei e fui direto à mesa da gerente Claudete. Ela me acalmou, depois de defender com unhas e dentes a Cynthia. Claro que eu podia sacar o dinheiro – que ainda estava lá, para meu alívio. E eu estava com uma pressa insuportável, achava que dez minutos mais e eu perderia o jogo. Ela entrou no computador, me olhou com uma certa pena. Senti o olhar dela.

– Já penhoraram?

– Não, não. Mas o senhor só pode fazer saques depois de um ano da aplicação. O senhor aplicou há apenas um mês. Infelizmente. Sinto, de verdade!

Comecei a suar frio, achei que ia desmaiar. Devia estar branco. Expliquei tudo de novo para ela. Que, se o dinheiro ficasse no banco, o fisco ia pegar tudo, ia penhorar. Ela balançava a cabeça negativamente. Pensei em arrancar aquela cabeça e jogar pela janela.

– Sinto muito, seu Escobar. Mas só daqui a onze meses. Sinto muito mesmo!

Abriu a bolsa, tirou um remédio – Escobar viu que era um Lexapro –, colocou na boca e engoliu a seco, sem água.

Ela tem Síndrome do Pânico, pensei. Mas o pânico era meu!

E se levantou, indicando que a minha visita – e o meu dinheiro – haviam chegado ao fim. Comecei a chorar. Ela interfonou:

– Nani, traga dois cafés aqui na minha sala, por favor.

Saí antes de o café chegar, sem ao menos dizer tchau, obrigado, sua filha duma puta. Não havia mais nada a fazer ali. Estava, literalmente, fudido e mal pago.

Exatos dezesseis dias (sem dormir) depois recebi o funesto aviso. Minha imprevidência havia sido penhorada. Para que ela voltasse para a minha conta, devia pagar tudo que eu devia para o governo: quase quatrocentos mil reais. Na época do Médici e do Buzaid era melhor.

Foi naquele dia que eu resolvi que iria matar o Contador. Já havia lido mais de mil romances policiais. Acharia um bom jeito.

Um forte e último abraço.

A partir deste momento, repito, estou te esperando, Fiora.

Jurerê – 52

A TINHA ALMOÇOU COM a moça no Lucila Bistrô, em Jurerê. O nome dela era Ana Flávia, 25 anos.

Contou toda a história do príncipe, enquanto olhava fascinada para ela. Loira natural. Olhos tinindo de azuis. A Tinha só não conseguia entender qual era a dela com a Georgina, que foi até simpática quando as duas saíram do condomínio.

– Sim, sou eu.

Ela não aparentava nada de *gay*. Absolutamente nada. Mulher pura. Linda de feminilidade. Não, não devia ser caso da Georgina.

Foi quando ela contou a sua história. Não frequentava mais bares de programa. A Geor era quem arrumava tudo. Na maior parte das vezes como acompanhante em viagens para o exterior, com pessoas ligadas ao empresariado local. Já havia ido duas vezes à Rússia. *Os empresários de Santa Catarina viajam muito*, brincou ela. *Mas o que eles gostam mesmo é de Miami.*

– Sim, sou eu. E o que o baixinho aí da foto quer comigo?

– Lembra dele?

– Muito. É impotente. Me usava apenas para enfiar coisas nele. Consolos, vibradores. Mas vou te poupar de detalhes.

– Quer te levar para Dubai.

– Me levar para Dubai? Tou fora!

Se levantou e foi buscar mais costelinhas de porco.

Tinha analisou a questão. O Príncipe não havia contratado o Fiora para levar a moça para Dubai. E sim para achar. Localizar.

Ela só precisava levar a Ana Flávia até ele, receber a grana e fim de papo. Foi quando umas palavras saíram da boca da Tinha sem que ela tivesse pensado nelas.

– Você vai entender, Ana Flávia. Eu preciso ver, comparar com a foto.

– Mas eu já disse que não vou para essa porra de Dubai, porra.

– Mas eu preciso ter certeza que é você. Eu preciso ver. Tenho que saber que consegui. É o meu primeiro trabalho, entende?

Como ela riu gostoso! Segurou a mão da Tinha. E disse:

– Tu és linda, menina! Quantos anos tem essa inocência toda?

Tinha até aumentou um pouco, toda tímida:

– Vinte e dois.

Ana Flávia ainda segurava a mão dela.

Ipauaçu – 53

DEPOIS QUE MANDEI O último e-mail, fui para a varanda ler o *Diário Catarinense* de hoje. Não sei se você já leu. Uma nota pequena na página 32. Mas veja que engraçado:

MULHER DE PREFEITO

CONTINUA DESAPARECIDA

Ipauaçu

Maria Augusta Cintra Mendes, esposa do prefeito da cidade, Chicão Mendes, continua desaparecida há dez dias. O prefeito, mais uma vez, declarou que tem "certeza absoluta" de que ela foi abduzida, levada por um dos discos voadores que andam aterrissando na sua cidade.

"Dentro de poucos dias ela estará de volta e nos contará toda a sua aventura", declarou o animado prefeito Mendes.

E mostrou o curto bilhete que Maria Augusta deixou para ele antes de desaparecer:

"Sinto que me chamam. É meu dever partir com eles. Love. *M.A.C."*

O turismo, depois do desaparecimento de Maria Augusta, voltou a crescer.

Demais, né? E, por falar nela, temos nos falado todos os dias pelo *Messenger*. Sim, ela já está na casa da irmã, lá no Uruguai. Deu tudo certo com ela, felizmente.

Canajurê – 54

– UMA BUNDA, FIORA, não pode ser julgada e analisada separadamente do resto do corpo. Ela tem que ser vista e contemplada em parceria com a cintura, com a penugem das coxas, com os dois joelhos. Uma bunda que se preze e encanta, meu amor, se estende da omoplata ao dedo mindinho, onde, às vezes, se aconchega.

"Era a essa conclusão que eu chegava, de joelhos, ali na sala da Ana Flávia. Ela, nua e de costas, deitada no chão. Eu vestida, com os joelhos no chão, curvada diante da bunda. Ao lado, a foto. Não havia dúvidas. Eu havia achado a bunda milionária.

"O doutor Carlos Magno estava certo. Me lembrei de uma frase enquanto olhava para o foco:

Que bela fossa isquiorretal! O espaço retroesfinctérico...

"E, de repente, Fiora, uma força muito maior do que eu, inesperada, imprevista e súbita e nada resistível, fez com que eu caísse de boca em cima daquela fossa, naquele espaço. E ali fiquei. Ela uivava, a palavra é esta. Juro.

"Ela se virou lentamente, sem sair do chão e começou a tirar a minha roupa que se resumia a duas peças. E disse:

"– Tu tens cara de quem tem o pau grande.

"E a coisa rolou.

"Foi isso, Fiora. Estamos apaixonadas. E vamos juntas para o reino de Dubai. Gostou da história?"

Já pensei muito no assunto, mas nunca cheguei a nenhuma conclusão: esse negócio de mulher com mulher eu acho muito excitante.

– Você me deixou de pau duro, Tinha.

– Então apresente-o!

Foi devidamente reapresentado. Talvez pela última vez, para a aprovação emoldurada da dona Raquel Paula.

Armação – 55

QUANDO CLAUDETE TIROU o capuz, depois de contar até cem, estava na praia da Armação, no sul da ilha. Pelo trajeto que fez num porta-malas, imaginou que o cativeiro devia ser por perto. Consultou o relógio: foram pouco mais de dez minutos.

Andou até a estrada, pegou carona para o continente e foi direto para a casa da Cynthia.

Da esquina telefonou para o marido, o Danilo, disse que estava tudo bem, que logo estaria em casa, ele insistiu em ir pegá-la onde ela estivesse, ela disse que estava bem, que ele ficasse calmo. Ele disse que ficaria.

Chamou a Cynthia pelo interfone. Ela veio até o portão, e as duas caminharam até uma praça. Cynthia estava mais nervosa do que a Claudete.

Sentaram-se as duas num banco de cimento, a Claudete levantou a saia bem acima do conveniente para mostrar o número tatuado.

– Você vai se lembrar dele. Escobar Rocha Neto, lembra?

Cynthia arregalou os molhos.

– O seu Escobar? Não acredito, menina! Aquele que ia de vez em quando ao banco com a mãe dele?

– Sim. E, por sorte, quando eu dei a lista dos nomes dos clientes para o Fioravanti e a sua amiga, a Tinha, o seu Escobar não era mais nosso cliente. O número aqui, este, duzentos e poucos mil, foi o valor do confisco.

– Meu Deus! Agora estou ligando os fatos. Aquela previdência, né? Duzentos mil. Claro, a minha bunda: não são vinte milhões, são duzentos mil reais.

Fica um silêncio entre as duas.

– Cynthia, o que ele queria era colocar a gente de castigo.

– Como? Castigo? Confiscaram, é?

– Foi.

– Coitado do seu Escobar...

– Nós duas, em nome do banco, da instituição sacana para a qual a gente trabalhava, fizemos o seu Escobar perder o único dinheiro que ele juntou na vida.

– Você disse "a gente trabalhava"?

– Disse. Pensei demais nesses dois dias. Vou pedir demissão.

– Tá doida.

– Acho que ele me fez um favor. Lendo aquelas frases sobre banco esparramadas pelo quarto, pensei muito no que andamos fazendo, Cynthia. Estamos nos matando, enganando os outros, mentindo, enrolando.

– Nossa, que Madalena arrependida. Credo, Claudete, parece que encontrou Jesus.

– Antes de me deixar lá na Armação, uma voz me disse que a tatuagem sai depois de cinco banhos.

A Cynthia que estava realmente chocada ao saber que o seu sequestrador era o seu Escobar, começou a chorar de repente.

– O que foi, menina?

– Você falou na tatuagem e eu lembrei: levei uma surra do meu ex-marido, sabia?

– Olha, Cynthia, eu nunca gostei daquele sujeitinho. Mas não ia me meter, né? O cara implicava até com o *meu* decote!

Outro silêncio longo entre as duas.

– Foi melhor, foi melhor... O pior é que descobri que estou grávida, e ele vai ter certeza que foi com o seu Escobar.

– Ih... Melhor tirar.

– Você já contou para o seu marido? Do seu Escobar? Você vai dedurar o seu Escobar para a Polícia?

– Não!!! Foi por isso que eu vim te procurar em primeiro lugar. Não vou mostrar a tatuagem para o Fioravanti. Resumindo, não vou entregar o Escobar. Ele não nos fez nada. Não nos maltratou. Nós é que azaramos com ele.

– Mas, Claudete, o seu marido vai ver a tatuagem, porque até sair de vez...

– Sabe há quando tempo aquele puto não me vê nua? Nem no banho? Dois anos, Cynthia. Dois anos!

– Sei lá, Claudete, vai que o sequestro deixou ele excitado...

– Ele tem amante fixa, meu bem! Vou é dar um pé na bunda dele. Eu é que vou deixar uma tatuagem no fiofó dele! Tens Lexapro?

Canajurê – 56

DEPOIS DE FAZER AMOR talvez pela última vez – o que eu duvidada muito -, como era domingo, ela ligou no SporTV para ver um daqueles debates, enquanto a gente fumava unzinho e bebia um tintinho.

A Tinha estava nua, deitada no meu colo, lisa e macia. Acho que ela não devia estar tão apaixonada assim lá pela tal de Ana Flávia. Devia estar apaixonada era pela experiência, pelo lado marginal da coisa, como diria a mãe dela. Um dia ela voltaria para o meu charo.

Ela não perdia o programa.

Começou a olhar mais atentamente a tela da tevê onde o comentarista, em alta definição, no *Globo Esporte*, fazia um comentário sobre o Dunga. De repente ela caiu na risada. Fumo total. Ela:

– O que foi de engraçado?

– Tá vendo esse cara aí? Sabe o nome dele?

– Alex Escobar. Craque! Gosto muito dele.

– Pois é isso. Então. Escobar!

– E daí?

– Dá uma olhada nele. Olha bem, presta atenção! Existe alguém no mundo mais com cara de Escobar do que esse cara?

Eu olhei. Ela estava certa, o nosso querido Escobar, que eu via quase todos os dias, com ou sem a Tinha, tem uma cara incrível de Escobar. E eu nunca havia notado isso. Só as mulheres percebem certos detalhes. O Alex Escobar não poderia ter outro nome. Ele é o próprio Escobar! A personalização de um Escobar.

E a palavra Escobar começou a ressoar na minha cabeça: escobar, escobar, escobar, como naquele filme do Kurosawa: *dodeskaden, dodeskaden, dodeskaden,* escobar, escobar.

E a Tinha não entendeu o grito que eu dei. Achou que era viagem minha. Pulei do sofá em direção à minha biblioteca de livros policiais. Mais especificamente atrás de um autor: Boileau-Narcejac!

Achei o livro.

– *Os viúvos*!!!

– Quê???

Na primeira página estava escrito:

Ao detetive Fioravanti, com a admiração do Escobar Rocha Neto.

– Tinha, eu te amo! Achei! O E. R. N.! Escobar Rocha Neto.

– Como?

Eu balançava o livro, dando pulos, nu. Ridículo.

– Tu matou a charada!

Expliquei rapidamente para ela.

– E tem mais: sei onde o danado mora. Pântano do Sul!!!

Agora éramos dois que pulávamos nus!

– Nóis é foda!!!

E me mordeu a nuca.

– Escobar Rocha Neto! *"Ninguém se parece mais com um* E *do que eu"*, ele dizia nos e-mails. Como é que eu não havia sacado, caceta?! Ele também é um Escobar escarrado!!!

Enchi o copo. A história estava chegando perto do final. Minha mãe respirou, aliviada.

Ninguém se parece mais com um Escobar do que eu. Na mosca!

EPÍLOGO

Um Estado é implacável com quem não lhe oferece nada. Quase todos os Estados são esquizofrênicos, combatem com uma das mãos o que mantêm com a outra. Desde o proxeneta, que rende dinheiro ao fisco, até o narcotraficante, que participa da expansão da economia. Quando isso se torna muito visível, prendem-se algumas pessoas do segundo escalão. Mas os outros, aqueles que são bastante espertos para se tornarem indispensáveis, esses não precisam ter a menor preocupação.

Edgar Wallace

EU SABIA QUE ELE estava me esperando desde que começou a me mandar os e-mails, há um mês, mais ou menos.

Vi quando ele abriu a porta. Eu devia estar a uns vinte metros dele. No portão, na calçada. Ele saiu para a varanda. Fez sinal para que eu entrasse. Um som esquisito e o portão estalou e se abriu todo, como se estivesse esperando por aquele momento. Fui caminhando lentamente até ele.

Na varanda, com as mãos na cintura, ele parecia estar contando os meus passos. Eu ia com calma, sem medo. Poderia dar a impressão que a qualquer momento um dos dois fosse sacar um revólver. Mas apenas tirei o maço de Camel de um bolso e um isqueiro amarelo do outro.

Talvez pelo controlado nervosismo, soltou o mais manjado e desnecessário dos lugares-comuns quando eu subi os dois degraus que davam acesso à varanda.

– Quem é vivo sempre aparece!

Eu estava acabando de acender o meu Camel, com calma. Mostrei o livro *Os viúvos*, com a capa amarela para ele.

– Infelizmente, Escobar, desta vez eu não vim para trocar livros. Nem para devolver este.

– Belíssimo romance, Fioravanti!

– Um clássico policial da segunda metade do século passado. Surpreendente o final! O encontro dos dois viúvos. Quem diria, não é? Quem poderia esperar aquilo, não é?

– Não é? Quem diria...

Escobar já sabia, desde que começara a cometer os crimes, que eu estaria na cola dele. Sabia que eu ia encontrá-lo ali, num dos extremos da ilha, no Pântano do Sul, a qualquer momento. Era tudo o que ele queria. E pedia. E agora estava com aquela cara de Escobar, sem saber o que fazer com o que tanto havia desejado.

Era incrível como ele realmente se parecia com um Escobar!

Gelou um pouco, mas achou que estava disfarçando. Se alguém o pegasse, seria eu. Ninguém mais. Ele havia me dado todas as dicas. Ele queria que eu viesse. Mas estava nervoso.

– Entra, entra.

Entrei e, com o meu vício investigativo, dei uma geral na sala. Fui até a estante só de livros policiais.

– Estou tomando um tintozinho fresquinho. Uma taça?

– Quero.

Ele foi para a cozinha. Nem pensei em segui-lo. Ele não iria fugir. Não mais.

Voltou para a sala com duas taças limpas.

Encheu as taças. Sentamos.

– Como vai o garoto? Valentim, né?

– Boa memória, Escobar. Vai bem. Quase adolescente.

Dei um bom gole.

– Bom vinho também.

– Alentejano. Só tomo alentejanos depois de certa idade. Esse é um Alfarraz Reserva. Premiado em Londres há uns três anos.

Biquei outro gole, traguei mais uma vez e fui direto ao assunto.

– Claro que não estou aqui como policial, Escobar. Tu sabes que me aposentei – ou fui aposentado –, e agora sou detetive particular. Andei fazendo umas pesquisazinhas, acabei na tua campainha. Vamos conversar a respeito? Afinal, unilateralmente tu vens conversando comigo tem algum tempo. Por sinal, devo reconhecer que tu escreves muito bem. E, cá entre nós, tu me esperavas.

– Óbvio.

E sem dizer mais nada, foi até a cozinha e voltou com a garrafa. Deixou a garrafa ali. Sentou-se novamente.

– Detetive Fioravanti, acredite se quiser, mas ele morreu do coração.

Eu não estava ali por causa de nenhum morto. Dei um tempo para esperar por mais informações. Mas Escobar ficou na dele. Arrisquei:

– Ele? O Contador?

– Claro! O Contador! Quem mais poderia ser?

Ficamos em silêncio. Um não tinha a menor ideia do que o outro estava pensando naquele exato momento. Mas nós dois éramos inteligentes o suficiente para ninguém dizer mais nada comprometedor.

Depois de uns quinze segundos de estudos, Escobar se levantou e fez sinal para que eu o acompanhasse.

Abriu a porta do quarto de hóspedes e mostrou o corpo estendido do Contador. Mas antes de eu olhar para o corpo, senti o forte cheiro de xixi e cocô. Instintivamente levei o indicador e o polegar ao nariz.

– Desculpe o mau cheiro. Eu nunca soube que o sujeito antes de um enfarte mijava e cagava.

– Nem eu.

Ele abriu a janela de vidro que estava fechada.

– Morreu do coração. Pode mandar fazer a autópsia. A gente estava aqui conversando numa boa e ele, *puf!*, caiu duro. Não tem nem quinze minutos.

– Conversando numa boa, Escobar? Tu e ele?

Ainda não era o cheiro de defunto sem flores que tomava conta do quarto. Era xixi e merda mesmo. Me aproximei do morto, virei o seu rosto com o meu pé. E me surpreendi:

– Já vi esse sujeito, Escobar. Sabes disto, não sabes?

– Claro! Eu sei. Ele estava foragido. Foi você quem achou ele. Em Brusque, se não me engano.

– Então o sujeito que se apresentou como filho dele era alguém teu?

– Sim. Ele quis até pagar o seu serviço. Você é que não quis receber.

*

DIAS ANTES, NO MEU escritório.

Diante de mim estava um rapaz[61] tímido e nervoso. Fiz um sinal com a mão para ele se sentar. Sentou na ponta da cadeira, para não mostrar intimidade. Tinha o quê? Vinte e poucos anos? Jeito de manezinho, que é como se chamam os descendentes dos açorianos que começaram a habitar a ilha, a partir de meados do século 18.

---

61 Apesar de ter se apresentado ali com um nome falso, na verdade trata-se de **Iúri Grasman,** vinte e poucos anos, ex-jardineiro do Escobar, fazendo ali uma hora extra. Ganhou uma boa grana para estar agora naquela sala. Sua aparência, como diria Raymond Chandler era pobre, ressentida e honesta. Ele é que havia feito os sequestros para o Escobar.

Seu pai havia desaparecido. Não, não se tratava de rapto, nem de sequestro. O pai tinha ido embora depois de mais uma briga daquelas com a esposa, mãe do Nivaldo, o rapaz de calça Lee meio suja e sapato ainda pior. Nivaldo não queria o pai de volta, queria apenas saber onde ele estava, se estava bem, se não tinha dado "um tiro nos cornos". Apenas isso: se o pai estava bem e onde.

– Não precisa nem falar com ele. Basta o senhor me trazer uma foto e pronto. A gente fica mais tranquilo.

Peguei um envelope marrom que o garoto me estendeu. Era a foto do pai. Fiquei olhando para aquele homem comum, igual a tantos outros, que deixara a família de lado. Talvez tivesse outra. Mas isso não era problema meu.

– Preciso de alguns dados – disse, disposto a ajudar o filho abandonado.

E pedi todos os dados sobre o pai fujão: nome, profissão, onde trabalhava, com que roupa foi visto pela última vez, sinais particulares, enfim, aquelas maravilhas de Humphrey Bogart.

Em dois dias descobri e fotografei o Contador. Aquele que agora estava ali, morto.

*

VOLTEMOS À MINHA VISITA ao Escobar.

– Tu deves ter muito mais histórias para me contar... Me lembro que achamos o falecido aí em dois dias. Estava em Brusque!

– Isso. Mas a minha história, Fiora, quase toda já foi contada nos e-mails.

Voltei para a sala e eu mesmo me servi de mais uma taça de vinho. Escobar entrou, e levantei a garrafa como quem diz *tá acabando.* Escobar foi para a cozinha.

Só então tive tempo para observar mais detidamente a casa do ex-bancário, onde estivera apenas uma vez, de noite e rapidamente. Comecei pela estante. Assim, pelo alto, calculei mais de dois mil livros. Todos policiais. Depois olhei umas naturezas-mortas nas paredes, não menos horríveis que os abajures e o lustre central. Tudo aquilo, mais o corroído tapete persa das Casas Bahia, dava um cheiro dos anos 50. Tinha cara de casa de mãe.

Parece que o Escobar leu o meu pensamento.

– Eu mantenho a casa do jeito que a mamãe gosta. Inclusive o Dunga.

E apontou com o fundo da garrafa um cachorro bem vagabundo que dormia ao lado da lareira.

Olhei para o cachorro.

– Ele não acorda nunca?

– Está morto. Embalsamado.

Cheguei perto do cachorro.

– Sei.

Escobar se serviu de vinho e disse como quem diz tá quente hoje:

– Eu que embalsamei.

– Sei.

Escobar pegou o Dunga no chão, sentou-se e o colocou no colo. Ficou alisando a cabeça dele.

– Tanatopraxia. Enquanto estava ainda no banco, fiz vários cursos de tanatopraxia. Um processo mais moderno do que a taxidermia.

– Parece real.

– O quê?

– O cachorro.

– Mas é real! A palavra vem do grego. *Tánatos*, como você sabe, é morte em grego. *Práxis* é prática. Ação – alisou mais um pouco o pelo da cabeça do cachorro – e rotina.

Eu não sabia muito bem o que pensar e nem como entrar no assunto.

– O processo não é complicado. A gente primeiro tira as vísceras do animal, e com a aplicação de produtos químicos para evitar...

Cortei:

– É mais informação do que eu preciso.

– É. O assunto não é muito agradável. Mas veja o resultado. Tenho aqui um bom companheiro. Não é, Dunga?

Dunga abanou o rabo, com a ajuda do ventríloquo, digamos assim.

– Posso ver o resto da casa?

– Claro, claro, fique à vontade. As portas estão todas abertas. Não tranco nada. Só as duas de entrada, é claro.

Escobar colocou o Dunga no chão.

– Quero primeiro ver aqui embaixo.

– Como assim, aqui embaixo? Já viu tudo.

– Embaixo do embaixo, Escobar. Embaixo deste tapete. Basta pisar no tapete para saber que tem um porão bem aqui.

Escobar passou as costas da mão direita na testa por causa do suor.

– Melhor não, Fioravanti. Tá uma bagunça danada lá embaixo.

– Vamos ser sensatos, Escobar. Ou tu prefere que a gente chame a polícia para ela mesmo investigar e encontrar o corpo do seu Contador lá no quarto? Tem luz no porão?

– Claro, claro.

Ele puxou o tapete *persa*, levantou uma portinhola ao nível do chão. Tinha uma escadinha. Enfiou a mão e acendeu as luzes do porão. Desceu primeiro. Em seguida eu desci.

Assim que coloquei os pés no chão, levei os olhos para a mesma direção em que Escobar estava olhando. Havia uma televisão, uma mesinha na frente dela e uma cadeira de balanço. Nela, uma senhora perto dos oitenta anos que, ao lado de uma imagem de madeira de mais ou menos um metro de altura de uma Nossa Senhora[62], olhava fixamente para a tela preta. Não era preciso ser nenhum gênio para perceber que a velha estava embalsamada.

– Mamãe[63].

Para embalsamar a própria mãe, o sujeito tem que caprichar muito. Pensei, mas não disse.

Claro que a primeira lembrança que veio à minha cabeça foi *Psicose*, o genial filme de Hitchcock. Mas o Escobar não tinha nada de parecido com Norman Bates.

– Ela não está ótima?

Como eu não me manifestasse, ele disse um texto que parecia ter sido decorado para aquele momento:

– Embalsamei mamãe porque não suportaria o horror de enterrar ela. Agora sou eu que digo boa-noite a ela todos os dias, enquanto eu viver. Me acalma a alma saber que ela vai estar aqui quando eu chegar da rua. Se eu falo com ela? Mais do que antes. Acha estranho porque ela não me ouve?

Depois da sala havia um pequeno corredor que terminava com uma porta para cada lado. Fechadas. Caminhei até elas. Abri a da esquerda: um lavabo. Tentei a outra. Fechada com várias chaves.

---

62 **Nossa Senhora de Lourdes**, padroeira e protetora do Escobar e da dona Dirce.

63 **Dona Dirce Maria Aguiar Rocha**, 78 anos, morta e embalsamada há menos de uma semana. A única coisa que fez na vida foi anular a vida do filho. Seu marido, o seu Rocha, alfaiate de mão cheia e bolsos vazios, suicidou-se quando Escobar ainda era criança, sabe-se lá por que motivo. Os vizinhos da família Rocha, no interior de São Paulo, cogitaram que ela teria envenenado o marido. O fato é que ela pegou a criança e sumiu da cidade. Tinha vinte e poucos anos. Era uma bela mulher, então.

– Era aqui? – perguntei.

– Vou pegar a chave lá em cima. Era.

Fez uma pausa.

– Sim. Foi aqui.

Segurei o Escobar pelo braço.

– Vamos juntos.

– Não se preocupe, Fioravanti, não pretendo fugir. Jamais deixaria a mamãe sozinha.

– É verdade.

Subimos os dois. Voltamos. Se fosse cinema, a câmera ficaria no rosto enrugado e fortemente maquiado da mãe do Escobar até voltarmos, segundos depois.

Quando Escobar abriu aquela porta com as três chaves em alturas diferentes, eu tive a impressão de estar entrando num estúdio de rádio e televisão. Havia aquela mesa onde fica o locutor, um aparelho de DVD, outro de CD, microfone, um aparelho de televisão pequeno e desligado. E uma escada estreita que subia quase na vertical. Fiz sinal para ele subir na frente.

– Obrigado – ele agradeceu.

Um quarto muito bem-mobiliado, confortável, com televisão, computador e, anexo, um banheiro completo. Não havia janelas. Uma mesa para refeições com apenas uma cadeira. No alto, uma claraboia a uns três metros de altura, que deixava entrar a luz e o ar.

– Então foi mesmo aqui que elas ficaram?

Escobar fez que sim com a cabeça. E acrescentou:

– Claro que o computador não tem Internet.

Na parede, ao lado da cama de casal, um grande cartaz onde se lia o Brecht: *Qual o maior crime: assaltar um banco ou fundar um banco?*

– Bela frase, Escobar.

– Não é?

Pouco abaixo da claraboia uma caixa de som de cada lado. E quatro indiscretas câmeras digitais.

– Tem câmera no banheiro também?

Indignado, Escobar respondeu!

– Claro que não!

– E por que a cama de casal?

Escobar se conteve para não explodir de raiva.

– Conforto, detetive, conforto! Gosto de tratar bem os meus hóspedes!

Sorri para ele:

– Foi o que elas disseram.

– Elas vão bem?

– Sim, cada uma tocando a vida. A bancária deixou o banco.

– Ótimo! Fico feliz com isso. Muito feliz mesmo.

– Tudo bem, mas tu sabes qual é a pena para sequestro? Para cada um deles?

Escobar colocou a mão no meu ombro como se fôssemos amigos de infância.

– Sei. Infelizmente, sei.

– Os carros desovados no Paraguai? Dois, não foi?

– É, é...

– E vai ter que explicar muito bem a morte aí do Contador.

Fiz girar uma parte de madeira de uma das paredes. Era do tipo daquela usada em motéis para fazer entrar a comida e as bebidas.

– Mesmo considerando que o Contador morreu mesmo do coração, você vai passar um bom tempo preso, E. R. N.! É melhor você começar a se explicar.

Me esquivei da mão no ombro ao descer a escadinha.

– Tudo bem, temos toda a noite pela frente.

– E depois que tu me contar tudo, temos que mandar fazer uma autópsia naquele cidadão.

– Eu sei, eu sei. Vamos para a minha sala.

Já eram cinco da manhã quando Escobar acabou de contar tudo e terminou com a funesta frase:

– Pode chamar a polícia. Estou pronto.

Eu já havia pensado há algumas horas no que fazer. Vinha amadurecendo a ideia talvez há mais de uma semana.

– Estás com a tua carteira aí?

– Que carteira?

– Carteira, Escobar. De dinheiro, documentos.

– Ah, sim.

Escobar tirou a carteira do bolso de trás. Peguei, tirei a carteira de identidade e dei para o Escobar. Fiquei com a carteira de couro, com os cartões, carteira de motorista, título de eleitor.

Saí andando na direção do quarto onde estava o Contador morto. Ele veio atrás.

Tirei a carteira do bolso do Contador, entreguei para o Escobar. Ele entendeu tudo. Coloquei a carteira do Escobar no bolso no morto.

– Meu caro Escobar, tu vai me desculpar, mas este sujeito aí também tem cara de Escobar. Fica com os documentos dele.

Voltamos para a sala. Escobar abriu a última garrafa de vinho. Notei que ele estava apreensivo, um pouco retraído.

– Entendi. Entendi tudo. Mas uma pergunta: por quê, Fiora? Por que você está fazendo isso comigo?

Lá fora começava a clarear.

– Digamos que eu esteja meio de pilequinho. Vai arrumar uma mala. Imagino que queira ir para o Uruguai. Enquanto arruma a mala, vou ligar para os homens. Mas antes, eu te respondo com a mesma pergunta Escobar Rocha Neto: por que eu? Por que me escolheu para contar tudo e, de certa maneira, vir até aqui para te prender?

Escobar deu um gole na sua taça. Talvez o último daquela madrugada.

– Por três motivos, Ugo Fioravanti Neto. Faz tempo que tenho a resposta pronta. Um: temos muitas coisas em comum, como o vinho, o *jazz* e os livros policiais. Dois: na sua casa, na sala, tem uma fotografia da sua mãe. E aquele dia que eu fui levar os livros, nós dois, na praia, rindo dos casos do Montabano do Camilleri, seu filho, pequeno ainda, dentro da água... Família, sabe? E o mais importante e terceiro motivo: eu pensava na mamãe. Quando comecei a te escrever, ela ainda era viva. E eu não queria que no dia que viessem me buscar – ela iria ver, não é? -, me algemassem na frente dela. Não queria dar esse desgosto para ela. Você tem esse jeitão de cafajeste, cara, mas você é família! Vai por mim.

Quase me emocionou. Mas fiquei no quase. Não sou tão família assim.

– Vai, vou ligar para a polícia.

– Mas tem um problema, Fiora. Mamãe!!! Eu não posso deixar a mamãe sozinha!

Me levantei, segurei o Escobar pelos colarinhos como se fosse um final de filme B, e joguei com toda a convicção na cara dele:

– Olha aqui, seu babaca! Você me fez vir até aqui para te salvar, não foi? E eu vim. Então é bom colocar uma porra duma merda na tua cabeça: a tua mãe tá morta, caralho!

Escobar olhou para o chão. Lágrimas escorrendo. Continuei com os golpes:

– E tem mais, você não tem mais tempo. É a tua única chance! Se ficar aí feito uma bicha chorando a tua mamãe, eu quero que você se foda! Vou embora e mando a polícia. E o que é que você acha que vão fazer com a senhora tua mãe? Vão prender a dona Dirce? Julgamento e tudo? Morreu, cara! Acabou! Vai lá dizer um tchau pra ela.

– Como você é frio... Quando eu vi a foto da sua mãe na sala, eu... – Começou a chorar.

Ergui o cara mais uma vez.

– Tchau, babaca!

Soltei o cara. Mas ele se atirou no meu peito, procurando um porto seguro.

– Ok, ok, você venceu. Pelo amor de Deus.

– Prometo fazer um belo enterro para ela.

– Promete?

– Prometo.

– Não liga ainda. Vou me despedir dela. Caceta!!! Me espera meia hora.

– Meia hora, o caralho! Tu tens cinco minutos. Tou com sono, porra.

Escobar ficou quase meia hora no porão. Voltou ainda chorando muito. Abraçado com a Nossa Senhora de Lourdes.

Colocou a Nossa Senhora junto à porta de saída.

– Ela vai comigo.

Entrou no seu quarto para arrumar uma mala, presumi.

Digitei o meu celular.

– Delegado Palhares? Sei, sei, são quase cinco da manhã. Achei o sequestrador, Kiko. Morto. Aparentemente coração. Pela rigidez cadavérica deve ter falecido há umas cinco ou seis horas. Anota aí o endereço, Kiko. É no Pântano do Sul. Posso dizer o endereço? O nome dele é Escobar Rocha Neto.

Depois de desligar, acendi um cigarro e fiquei pensando na Tinha. Quando ela voltasse de Dubai, seria mesmo uma boa companheira.

Mas só se eu contasse para ela o que a Til havia me dito no ouvido naquele dia.

Mas isto eu não podia fazer.

Era uma outra história.

Escobar Rocha Neto voltou com uma pequena mala, um paletó que devia ser do tempo do Banco do Brasil, os olhos ainda vermelhos de tanto chorar. Foi até o cachorro, fez um carinho na cabeça e por um momento eu cheguei mesmo a acreditar que ele fosse latir. Mas não latiu. Aproximou-se de mim.

– Sabe como eu estou me sentido? Um viúvo.

Fim

Florianópolis, 21 fevereiro, 2010

Agradecimentos

Adauto Jaime da Silva, Adilene Adratt, Ana Paula Wandalsen, Fábio Brant de Carvalho, Fátima Couto, Gustavo de Araujo Pinto, Jair de Jesus Mari, Joaquim de Francesco Strelo, Laura Góes, dita Loli, Luciana De Francesco, Luis Carlos Osório, Maria Josefa de los Angeles Formoso Sampaio, Patrícia Henriqueta Lerbarch, Maria Lucia Cocato, Marina Kurth Kinas, Marta Góes, Michela Damascena, Paula Parisot, Paulo Cezar Amorim, Raquel Daneluz.

Agradecimento especial

– **Professora doutora Renata Machado Coelho,** psicóloga, especializada em terapia do luto, pelo brilhante texto sobre a morte da dona Dirce, mãe do Escobar.

– Aos autores de vários textos citados. E mesmo alguns não citados, pela obviedade da citação, como "*tinha uma boca pequena, feita para beijar bebês*", que todo leitor de policiais sabe que é do Raymond Chandler.

– E ao Canal Sexy Hot que há muitos anos exibiu um filminho de sacanagem, onde um sujeito entrava numa boate atrás de uma bunda retratada numa foto. E fazia sexo anal com todas aquelas meninas até o filme acabar e ele não chegar a conclusão alguma.

Autores mencionados e usados

AGATHA Mary Clarissa Mallowan CHRISTIE (1890-1976), romancista policial e dramaturga inglesa, escreveu 66 livros de mistério, 163 contos, 19 peças teatrais, alguns poemas e 2 livros autobiográficos, além de mais 6 romances com o pseudônimo de Mary Westmacott. Criou os famosos personagens Hercule Poirot, Miss Marple, Tommy e Tuppence Beresford, Parker Pyne e Mr. Harley Quin. Conhecida no mundo todo como A Rainha do Crime, morreu aos 86 anos, em consequência de uma gripe. Sua peça teatral mais famosa é *Testemunha de acusação*, que, como vários de seus romances e contos, foi levada ao cinema, com Tyrone Power, Marlene Dietrich e Charles Laughton, dirigidos por Billy Wilder. A venda de seus livros já ultrapassou a casa de 2 bilhões de exemplares.

ANDREA CAMILLERI nasceu em Agrigento (Itália), em 1925, e continua na ativa ainda hoje. Até os 65 anos trabalhou como roteirista e diretor de teatro e televisão, produzindo e roteirizando os famosos seriados policiais do comissário Maigret (de Georges Simenon) e do tenente Sheridan (uma mistura de vários personagens famosos, como Philip Marlowe, Nero Wolfe e o comissário Maigret). Em 1990 escreveu *A forma da água*, primeiro caso do comissário Salvo Montalbano (o sobrenome é uma homemagem ao espanhol Montalbán, também escritor de policiais), que foi um sucesso retumbante, recebendo vários prêmios italianos e internacionais. Já vendeu 4 milhões de exemplares em todo o mundo.

BOILEAU-NARCEJAC não é um nome composto, mas uma dupla formada por Pierre Boileau (1906-1989), que residia no bairro de Pigalle, em Paris, e Thomas Narcejac (1908-1998), que, mais provinciano, dividia-se entre Nice e Nantes. Os dois formaram uma das mais famosas parcerias de escritores policiais da literatura francesa e mundial. Dessa união surgiram obras que imediatamente conquistaram o público e chegaram ao cinema. As duas mais célebres são *Celle qui n'était plus (As diabólicas)*, de 1952, filmada por Henri-Georges Clouzot, em 1955, com o título *Les diaboliques*, e *D'entre les morts*, de 1954, que originou aquele que para muitos críticos é o melhor filme de Alfred Hitchcock: *Vertigo (Um corpo que cai)*, de 1958. O estilo de ambos, embora Boileau tivesse uma inclinação para o relato de enigma, abandona a figura do detetive para seguir o criminoso ou a vítima, numa teia de suspense, ambiguidade, dor e angústia. A ação do crime, com suas implicações psicológicas e existenciais, é muito mais importante que a investigação posterior, que realça quase sempre a habilidade e a inteligência do detetive. Poucos foram os romances de sua autoria que não se transformaram em filmes. Também foram roteiristas de cinema e escreveram obras nas quais teorizaram sobre o gênero policial, como *Le roman policier*. Outros livros importantes: *Terminus* (1980) e *Les intouchables* (1980), publicados no Brasil com os títulos *Estação terminal* e *Os intocáveis*. (Conforme blog *Infiltrados*, postado por Mayrant Gallo.)
O romance *Os viúvos (Les veufs)*, usado neste livro, foi escrito em 1970 e publicado no Brasil em 1988. Na capa amarela, dois viúvos se encaram, sérios.

DASHIELL HAMMETT (1894-1961) cresceu na Filadélfia e em Baltimore. Abandonou a escola com 14 anos e passou a trabalhar como mensageiro, entregador de jornal, escriturário, apontador de mão de obra e estivador, entre outros empregos. Aos 20 anos, foi trabalhar na Agência Pinkerton de detetives. Em 1918, alistou-se no Corpo de Ambulâncias do Exército. Depois da guerra, com tuberculose, vagou de sanatório em sanatório e voltou à Agência Pinkerton, demitindo-se em seguida para se dedicar à literatura. Bebia muito. Suas histórias começaram a ser publicadas em revistas baratas e populares como *Black Mask* e *Smart Set*. Autor de livros de sucesso, como: *Seara vermelha* (1929), *O falcão maltês* (1930) – sucesso também no cinema, dirigido por John Huston, com Humphrey Bogart –, *A chave de vidro* (1930), *Mulher no escuro* (1933) e *Continental OP* (1945), e de uma infinidade de contos. Hammett trabalhou regularmente para o cinema, em Hollywood. Na década de 1930, conheceu a jovem escritora Lillian Hellman, a quem esteve ligado até a morte, em 1961.

DONNA LEON nasceu nos Estados Unidos, em 1942. Vive desde 1981 em Veneza, onde é professora universitária, lecionando literatura inglesa e norte-americana na extensão local da Universidade de Maryland. Ficou célebre ao criar o inspetor italiano Guido Brunetti. Seus principais livros editados no Brasil são: *Morte no Teatro La Fenice*, *Morte em terra estrangeira*, *Vestido para matar* e *Acqua alta*. Todos os seus romances são ambientados entre os canais de Veneza. Por desejo próprio, nunca foi editada na Itália, onde mora há dezenove anos. Na Alemanha existe uma série de televisão com seus personagens. Seu último livro, de 2009, *A outra cara da verdade*, ainda não foi publicado no Brasil.

EDGAR WALLACE (1875-1932), autor inglês que começou como jornalista correspondente de guerras, escreveu 175 romances policiais e quase mil contos. Na época corriam boatos: seria ele o autor de tamanha obra? Ofendido, ele lançou um desafio: pagaria mil libras (uma grande fortuna nos anos 20) a quem provasse que qualquer uma das suas obras fosse devida a um "escritor fantasma". Passou alguns anos em Hollywood escrevendo roteiros. O mais famoso, o primeiro *King Kong*, filmado em 1933. Seu lema: o leitor deve ficar sempre satisfeito. Morreu aos 57 anos, de diabete e pneumonia. Principais romances: *A irmandade do crime, O delator, Os homens de borracha, O anjo do terror.* No Brasil, atualmente, seus livros são encontrados só em sebos. Alguns Deles: *A pista do alfinete novo, O círculo vermelho, Os olhos velados de Londres, Uma canção nas trevas e Os quatro homens justos.*

GEORGES Joseph Christian SIMENON (1903—1989) é um escritor belga de língua francesa que se mudou ainda jovem para Paris, onde começou a trabalhar em jornais. Romancista de uma fecundidade extraordinária, escreveu 192 romances, 158 novelas, além de obras autobiográficas e numerosos artigos e reportagens em seu próprio nome. E sob vários pseudônimos diferentes, mais 176 romances, dezenas de novelas, contos e artigos. As tiragens acumuladas de seus livros atingem mais de 1,5 bilhão de exemplares. É o autor belga – e o quarto autor de língua francesa – mais traduzido em todo o mundo. Seu personagem mais famoso é o comissário Maigret, personagem de 76 novelas e 28 contos. Numa célebre entrevista dada a Fellini, declarou que já havia feito sexo com mais de dez mil mulheres. André Gide – Nobel de Literatura de 1947 e fundador da Editora Gallimard e da revista Nouvelle Revue Française – garantia ter lido tudo dele. Jorge Luis Borger também era seu leitor.

HENNING MANKELL (3-2-1948), escritor sueco nascido em Estocolmo, é o criador do investigador Kurt Wallander, que atua na maioria dos seus livros, já editados em 28 países: *A leoa branca,*

O homem que sorria, *Os cães de Riga*, *Assassinos sem rosto*, entre vários. Na Suécia, Mankell também é conhecido como escritor de literatura infantil. Apaixonado pelo teatro, escreveu várias peças. Sua atividade teatral é maior desde que fundou a trupe Teatro Avenida, em Moçambique, na África, onde mora atualmente e onde vem escrevendo peças teatrais em português.

LEONARDO PADURA FUENTES nasceu em Cuba em 1955. Depois de trabalhar durante quinze anos como jornalista, a partir de 1995 dedicou-se exclusivamente à literatura. Ganhador de prêmios internacionais como o Dashiell Hammett (1998) e o Café Gijón (1995), destacou-se com a tetralogia *As quatro estações*, protagonizada pelo tenente Mario Conde – composta de *Paisaje de otoño*, *Passado perfeito*, *Máscaras* e *Ventos de quaresma* (de onde o autor surrupiou aquelas cenas de sexo), os três últimos já publicados no Brasil, pela Companhia das Letras.

RAYMOND CHANDLER (1888-1959) "foi umas das grandes personalidades da literatura americana do século 20. Pontificou no gênero policial *noir* uma vertente, digamos assim, mais intimista e realista do que aquele tipo de literatura de crime e mistério que surgiu com Poe, Conan Doyle e Chesterton e teve seguidores célebres como Agatha Christie, Ruth Rendell, Rex Stout e, de certa forma, Simenon", conforme biografia da L&Pm Books. Discípulo de Hammett, criou aqueles personagens tentando ganhar a vida "por 25 dólares por dia mais despesas", como o famoso Philip Marlowe, imortalizado no cimena por Bogart. Em 1924 casou-se com Pearl Cecily Hurlburt, de 53 anos – dezoito anos mais velha que ele, duas vezes casada e divorciada. Quando Chandler perdeu o emprego durante a Grande Depressão – foi despedido por alcoolismo e por faltar ao trabalho –, começou a escrever para a revista *Black Mask*, a mais respeitada entre as revistas que publicavam a escola "linha-dura" de ficção policial. Aos 45 anos, Chandler passou a dedicar-se inteiramente à sua atividade como escritor. Todos os seus livros foram adaptados para o cinema. Depois da morte da esposa, em 1956, tornou-se alcoólatra, vindo a falecer três anos depois, em 1959.

RUTH RENDELL nasceu na Inglaterra em 1930, onde vive. É a autora de *Road Rage*, *As chaves para a rua*, *Bloodlines*, *Simisola*, *O crocodilo* e *Bird*. Na minha opinião, seu melhor livro é *Um assassino entre nós*. Ganhou sete Edgars e também o prêmio máximo (1997) da Mystery Writers of America, o maior prêmio dado nos Estados Unidos a escritores de romances e contos policiais, e quatro Daggers de Ouro da britânica Crime Writers Association. Em 1997, foi nomeada Lady pelos representantes da Câmara dos Lordes. É autora do livro que deu origem ao filme *Carne trêmula*, de Pedro Almodóvar. O principal personagem de seus romances é o inspetor Wexford.

TOMÁS ELOY MARTÍNEZ (1934-2010), jornalista e escritor argentino, não foi um autor de livros policiais, embora o seu *Voo da rainha* chegue bem perto do gênero político-policial. Formado em literatura espanhola e latino-americana na Universidad Nacional de Tucumán, de 1957 a 1961 foi crítico de cinema do *La Nación*, em Buenos Aires, e em seguida se tornou editor-chefe (1962-69) da revista *Primera Plana*. Entre 1969 e 1970 trabalhou como repórter em Paris. De 1975 a 1983, viveu exilado em Caracas, Venezuela. Também foi professor na Universidade de Maryland. Um dos seus livros, *Santa Evita*, foi traduzido para 32 idiomas e publicado em cinquenta países. Em 2002, Martínez recebeu o Prêmio Alfaguara de melhor romance de língua espanhola por seu livro *O voo da rainha*. Suas obras mais recentes são *A mão do amo* e *Purgatório*. Morreu de câncer aos 75 anos.

Copyright © 2010 Mario Prata

Revisão de textos **Fátima Couto e Paulo Bentancur**

Capa **Marina Kurth Kinas**

Imagem de capa © **Luciana De Francesco**

Projeto gráfico e diagramação **Amanda Dafoe**

Foto do autor **arquivo pessoal**

Dados Internacionais de Catalogação na Publicação (CIP)
(Câmara Brasileira do Livro, SP, Brasil)

Prata, Mario
Os viúvos : uma história com o detetive
Fioravanti / Mário Prata. -- São Paulo : Leya,
2010.

ISBN 978-85-62936-18-0

1. Ficção policial e de mistério (Literatura
brasileira) I. Título.

10-02784 CDD-869.93

Índices para catálogo sistemático:

1. Ficção policial e de mistério : Literatura
brasileira 869 93 .

2010

Todos os direitos desta edição reservados à

TEXTO EDITORES LTDA.
[Uma editora do grupo Leya]
Av. Angélica, 2163 – Conjunto 175
01227-200 – Santa Cecília – São Paulo – SP – Brasil
www.leya.com

Este livro foi composto em
ITC Bookman e Courier New
para a Leya em março de 2010.